Ein Literarisches Duett

Gotthard Sinn

GEISTESRIESEN

Ein Literarisches Duett

im Stile zweyer geharnischter
Alter Meister des deutschen
Sprachbarock

Mit Tuschezeichnungen
von André Aurich

[illegible]
6. 12. 94

Klöpfer & Meyer, Tübingen

VORBEMERKUNG

Da weder Ralph Ranitzke, Walther Bentz noch sonst jemand ähnlichen Namens die hier zusammengetragenen Texte jemals selbst geschrieben oder gesprochen hat, sah sich der Herausgeber genötigt, die Autorenschaft selbst zu übernehmen. Um so mehr zu Dank verpflichtet ist er all denjenigen, die durch ihre bloße Existenz Modell standen bei der Entstehung dieses Buches. Ein jeder weiß um die Schwierigkeit, Fiktion mit photographischer Genauigkeit zu dokumentieren. Daher sei an dieser Stelle Herrn André Aurich ein ganz besonderer Dank ausgesprochen für seine Bereitschaft, die real existierende Phantasie aus seiner Sicht zeichnerisch zu untermalen.

Gotthard Sinn
als Ralph Ranitzke

Gotthard Sinn
als Walther Bentz

Zweiter Akt: Der Redner

Dritter Akt: Der Kritiker und der Redner

STATT EINES VORWORTES

Um es gleich vorwegzunehmen: hier wird nicht mit der guten alten Tradition des Vorwortes gebrochen aus Profilierungssucht. Um damit noch Originalität beweisen zu können, ist er nämlich schon zu abgenutzt: der Versuch, mit der Überschrift »Statt eines Vorwortes« zu suggerieren, der Text spreche für sich und bedürfe daher keiner einführenden Erläuterung. Dieses Verfahren stößt schon deshalb bei uns auf keinerlei Sympathie, weil bei diesen »Statt-eines-Vorwortes-Einleitungen« auf kaltem Wege eben gerade doch wieder Vorworte entstehen, meist noch geschwätziger als die traditionellen.

Nein, wir sind durchaus der Meinung, daß die hier vorliegende Textsammlung einer Einführung bedarf. Geradezu fieberhaft war daher unser Bemühen, einen Berufenen zu finden, der bereit gewesen wäre, uns behutsam heranzugeleiten an das hochexplosive Spannungsfeld zwischen Ralph Ranitzke und Walther Bentz, Walther Bentz und Ralph Ranitzke. Subjektivität wäre dabei nicht nur geduldet worden, sondern sogar erwünscht gewesen. Doch unsere Suche blieb erfolglos. Der Herausgeber selbst, dem der Leser diese hilflosen Zeilen zu verdanken hat, sah sich nun schon gar nicht in der Lage, etwas zu Papier zu bringen, was (mit Engagement und Distanz zugleich) die folgenden Texte anzukündigen imstande gewesen wäre. Aber warum fand sich auch sonst niemand? Wir wollen versuchen, jedenfalls diese Frage zu klären.

Zunächst einmal: Wer wäre überhaupt in Frage gekommen? Es mußte natürlich jemand sein, dessen Verhältnis zu Walther Bentz dem zu Ralph Ranitzke vergleichbar ist. Somit mußten wir vorab auf alle verzichten, die den einen verehren und den anderen geringschätzen. Das waren natürlich nicht wenige, denn bei allen Gemeinsamkeiten der beiden, es gibt doch zu vieles, was sie trennt, um alles, was man am einen mag, auch am anderen wertachten zu können. Kein Wunder also, daß ARD-Moderator Ulrich Wickert, der an Ranitzke besonders seine Direktheit schätzt, mit Walther Bentz Probleme hat. Er erzählte uns folgende Anekdote über eine Begegnung mit Bentz: »Ich habe ihn mal nach der Uhrzeit gefragt. Seitdem weiß ich, daß schon die alten Sumerer ein Zeitgefühl hatten, daß die Zeit als Kategorie in Kants Erkenntnistheorie eine große Rolle spielt, die Einstein später relativiert hat. Aber wie spät es ist, habe ich von ihm nie erfahren.«

Unumwunden gab uns Marius Müller-Westernhagen zu verstehen, daß seine Sympathien nun gerade bei Bentz liegen: »Wir Dünnen müssen zusammenhalten.« Der Leser möge Verständnis dafür haben, daß derartige Beiträge uns wegen ihrer einseitigen Parteinahme nur wenig interessierten. Schon eher kam da für unsere Zwecke ein Mann in Betracht, der sich differenzierter über Bentz zu äußern verstand. »Guter Mann, aber redet zu viel«, das war die Einschätzung von Manfred Krug. Ins Schwärmen geriet dann wieder Ingrid Matthäus-Maier von der SPD-Bundestagsfraktion: »Ich finde es toll, wie der sich für die Kleinen Leute einsetzt, ohne sie zu kennen.« Kaum hilfreich für unsere Zwecke war die Stellungnahme von Klaus Lagerfeld: »Bentz' Anzüge wirken teurer als sie sind, aber Ranitzkes Krawatten sind genauso billig, wie sie aussehen.«

Es könnte befremden, daß wir mit unserer Bitte um ein Vorwort für dieses Bändchen vor allem an Prominente herantraten, deren Betätigungsfeld weit entfernt ist von dem unserer beiden Autoren. Auch dafür gibt es eine ganz einfache Erklärung. Niemand aus den Sparten Kultur und Journalismus war bereit, das heiße Eisen Ranitzke/Bentz anzufassen. Grundsätzlicher Tenor der Antworten auf unsere Anfrage war in dieser Gesellschaftsgruppe: »Zwischen den Stühlen muß die Einsamkeit wohl grenzenlos sein.« Weder Joachim Kaiser noch Hellmuth Karasek, weder Sigrid Löffler noch Frank Schirrmacher, Hans Magnus Enzensberger, Siegfried Unseld oder Ulrich Greiner wollten es mit einem unserer beiden Geistesriesen verderben. Heiner Müller sagte uns mit gewohnter Unverblümtheit: »Wer nie die Chance hat, in Ralph Ranitzkes ›Literarischem Ballett‹ aufzutreten, kann immer noch Karriere machen in der ›Akademie der Künste‹ bei Bentz, wer dort vor der Tür steht, findet sicher ein offenes Ohr beim ›Ballett‹. Aber wer aus beidem rausfliegt, der hat für immer verschissen.«

Die Polarisierung ist also tatsächlich schon in ein Stadium getreten, in dem es nur noch heißen kann: »Wer nicht für mich ist, der ist gegen mich.« Die derzeitige Situation im deutschen Literatur- und Kulturbetrieb erinnert an das Zeitalter der römischen Bürgerkriege: Wer nicht der Klientel eines Marius oder Sulla, eines Pompeius oder Caesar angehörte, wurde zwischen den Fronten zermahlen. Nur wer heute entweder in Ranitzke oder in Bentz seinen Mentor weiß, der kann überleben. Kein Wunder also, daß sich niemand fand, der den Mut hatte, das Für und Wider beider Seiten sachlich gegeneinander abzuwägen.

Selbstverständlich hatten wir genügend Fingerspitzengefühl, um uns an Scribenten gar nicht erst zu wenden. Sie müßten jede ihrer Äußerungen mehr als nur auf die Goldwaage legen, denn lediglich *ein* falsches Wort hätte für sie katastrophale Konsequenzen. Es hätte höchstens jemand sein können, dessen Ansehen derart über jede Kritik erhaben ist, daß weder ein Ranitzke noch ein Bentz ihm schaden kann. Den aber gibt es derzeit nicht im gesamten deutschsprachigen Raum.

Nicht einmal einem Martin Walser war ein derart heikler Auftrag zuzumuten, obgleich er sich zu den Höhen des Literarischen Olymp von allen zeitgenössischen Schriftstellern deutscher Zunge wohl am weitesten emporgeschrieben hat – man denke nur an das bedrohliche Donnergrollen während des »Literarischen Balletts«, als Ranitzke zur Besprechung seines jüngsten Romans »Ohne einander« ansetzte. Nein, Walsers Olympischer Thron steht noch auf zu wackeligen Füßen, als daß er einem Kampfbündnis Ranitzke/Bentz tatsächlich gewachsen wäre, und zu verheerend wären für den Dichter dann die Folgen eines Sturzes vom Gipfel des mächtigen Götterberges in den Abgrund eines Kleinen Walsertales. Die Angriffslust Ralph Ranitzkes wäre nach einigen womöglich kritischen Bemerkungen des Mannes vom Bodensee gewiß nicht einmal zu bremsen durch dessen Angebot, sich die Herrschaft zu teilen als Kaiser Walser und Kritiker König.

Wenn schon kein Dichterfürst von ganz oben, dann wäre für unser Vorwort wohl nur noch in Frage gekommen ein Literat von ganz unten, einer, der nichts mehr zu verlieren hat. Davon gibt es derzeit zwar jede Menge, aber sie alle befinden sich mit mindestens einem von beiden, Bentz oder Ranitzke, im Kriegszustand, und zu einem Schlachtfeld wollten wir

Heiner Müller.
»Wer bei Bentz und Ranitzke vor der Tür steht,
hat für immer verschissen.«

unser Vorwort eben gerade nicht verkommen lassen. Peter Handke zum Beispiel gab schon im Vorfeld einer Anfrage zu verstehen, daß er den Lesern unseres Buches das Tragen von schußsicheren Westen empfehle, falls er das Vorwort schriebe, und schied damit von vornherein aus.

Über die tiefe Kulturkrise hierzulande legt ein beredtes Zeugnis ab das Verhalten des derzeit wohl höchstgehandelten Intendanten einer deutschsprachigen Bühne: Claus Peymann drohte uns damit, er werde im Fall, daß dieses Buch überhaupt erscheint, durch einen seiner Dramaturgen Arno Schmidts »Zettels Traum« für die Bühne bearbeiten lassen und auf den nächsten Spielplan setzen. Ja, es wird mit unglaublich harten Bandagen gekämpft und nur im Wissen, daß ein ehrgeiziger Mann wie der Burgtheaterchef sich niemals auf ein derartiges Kamikaze-Unternehmen einlassen wird (ein solches Projekt würde uns zwar schwer treffen, ihn selbst jedoch vernichten), mit der Gewißheit also, daß es bei einer leeren Drohung bleibt, haben wir uns nicht von unserem Vorhaben abbringen lassen.

Bei unserer verzweifelten Suche nach einem Vorwortautor begaben wir uns schließlich sehr weit unter unser Niveau. Manchmal wirkte es schon sehr demütigend, wenn uns einzelne Mitbürger eine schroffe Absage erteilten, denen wir meinten, mit unserer Aufforderung eine Ehre zu erweisen. Thomas Gottschalk, von dessen gutem Verhältnis zu Ralph Ranitzke wir zu wissen glaubten seit beider Zusammenarbeit in einer Folge von »Wetten daß?«, ließ uns ausrichten, er habe keine Lust, mit einem Vorwort Ralph Ranitzke die Steigbügel zu halten. Was wir damals nicht wissen konnten: der Blondgelockte leidet selbst unter einer starken Kränkung, weil Ralph Ranitzke inzwischen eine erneute Kooperation (jetzt bei der Gummibärchenwerbung) abgelehnt hat. Ähnlich lag der Fall übrigens bei Frank Casdorf: Ralph Ranitzke sollte in einer seiner mutigen Inszenierungen den Karl Moor spielen. Er lehnte ab, es kam zum Bruch und damit natürlich nicht zu unserem Vorwort.

Am schwersten getroffen waren wir jedoch, wenn wir auf Leute stießen, die zumindest einen unserer beiden Autoren gar nicht zu kennen schienen. Mit allem hatten wir gerechnet, nur damit nicht. Doch weit gefehlt! Die Schauspielerin, Sängerin und Tänzerin Ute Lemper sprachen wir an, in der Hoffnung, daß ihre große Liebe zur Lyrik Bert Brechts eine geistige Nähe sowohl zu Ranitzke als auch zu Bentz herstellen könne. Bei Ralph Ranitzke mag das auch durchaus zutreffen, obwohl sie ihn nur aus der schon erwähnten Unterhaltungssendung kannte. Doch, was sie zu Bentz zu sagen hatte, gab uns zu denken. Sie bestand darauf, daß Bentz nicht Walther, sondern Otto heiße, und lehnte das Vorwort ab, da sie sich mit Motoren nicht auskenne.

So müssen wir denn tatsächlich auf ein Vorwort verzichten, in der Hoffnung, daß die Texte eben doch für sich sprechen. Da auch der Verfasser dieser Zeilen nicht darauf erpicht ist, die Einsamkeit zwischen den Stühlen zu genießen, bleibt ihm nur noch, dem Leser folgende kleine Lesehilfe auf den gewiß nicht immer unbeschwerlichen Weg durch dieses Buch mitzugeben:

Es empfiehlt sich, das Buch zunächst diagonal zu lesen, erst von vorn bis hinten, dann von hinten nach vorn. Daraufhin lese man, immer noch diagonal, immer abwechselnd einen Text von Ralph Ranitzke und einen von Walther Bentz und widme sich erst anschließend der intensiven Lektüre einzelner Kapitel, wobei man sich nicht unbedingt an die vom Herausgeber vorgesehene Reihenfolge zu halten hat. Derart präpariert begebe man sich an die Rezeption der gesamten Textsammlung, so wie sie hier vorliegt, und markiere sich nach einer ersten Lesung in einer zweiten bestimmte Lieblingsstellen, die man sich zunächst selbst laut vorlese, um sie dann später in kleinem Kreis vertrauten Freunden zu Gehör zu bringen. Unbedingt erst jetzt mache man sich ans Auswendiglernen, erst einzelner Passagen, dann vollständiger Texte. Solange man das ganze Buch nicht im Kopf hat, sollte man auf eine dritte Lesung verzichten. In einer vierten Lesung wird man spüren, welche Kraft von diesen Schriften ausgeht, und ab der fünften, wie diese schließlich ebenso den Leser erfaßt.

Zwar ist es uns selbst leider nicht vergönnt, jemals die Dimensionen unserer beiden Geistesriesen selbst auch nur annähernd zu erreichen, doch möge dieses Bändchen dazu beitragen, daß wir geistigen Zwerge wenigstens für Momente eine Ahnung davon bekommen, in welch ungeahnte Höhen menschlicher Geist sich unter günstigen Bedingungen zu erheben vermag.

Erster Akt: Der Kritiker

DIE DEUTSCHEN UND DER HUMOR

Die Kabelsender ›Contra 7‹ und ›Eins minus‹ strahlten am 11ten Februar 1991, also am Rosenmontag, eine Talkshow als Gemeinschaftsproduktion aus zum Thema »Die Deutschen und der Humor«. Neben verschiedenen prominenten Komikern aus Politik und Wirtschaft, Wissenschaft und Technik war auch Ralph Ranitzke zu Gast. Auf die Frage des eigens von der ARD eingeflogenen Plauschexperten: »Sagen Sie mal, wie erklären Sie sich das Phänomen, daß die Deutschen keinen Humor haben?« antwortete Ralph Ranitzke:

Entschuldigen Sie bitte, Herr Biolek, wie soll ich mir ein Phänomen erklären, das es nicht gibt? Die Deutschen haben genausoviel und genausowenig Humor wie die Dänen, die Iren oder die Polen. Ob man den Humor der Deutschen mag, ist eine ganz andere Frage. In diesem Zusammenhang verdichtet sich bei mir übrigens eine vage Vermutung zur unbedingten Gewißheit: der Humor löst hierzulande den Fleiß und die Zuverlässigkeit als Staatstugend mehr und mehr ab. Wenn ein Prominenter von einem kritischen Journalisten angesprochen wird auf das deutliche Mißverhältnis zwischen seiner als Arbeit zu bezeichnenden Tätigkeit und seinem enorm hohen Einkommen – und er darauf eine witzige oder gar geistreiche Antwort zu geben weiß, schon ist er aus dem Schneider. Er hat damit sogar die Möglichkeit, seine Prominenz noch weiter auszubauen. Gewiß, längst nicht jeder vorgeblichen Persönlichkeit ist es wie mir gegeben, eine solch rettende Antwort zu finden, dennoch zeigt dieses Beispiel, daß bei uns der Humor inzwischen höher bewertet wird als die Redlichkeit.

Oder nehmen Sie etwas anderes. Einem aufmerksamen Beobachter unserer Zeit wird nicht entgangen sein, daß ein neues Wort sich zunehmend breitmacht: Volksfeststimmung. Nach der Öffnung der Mauer und dem Erringen der Fußballweltmeisterschaft klingt es wie eine Drohung an die gesamte Menschheit: die Deutschen lernen das Feiern. Nicht nur zur Karnevalszeit, ja mit einem Mal wird auch mitten im finstersten November gefeiert und auf den Straßen getanzt. Jetzt kommen Sie mir nicht und sagen Sie, das habe nichts mit Humor zu tun, denn der könne sich nur bewähren in schlechten Zeiten und nicht in guten. Bleiben Sie mir vom Leibe mit diesen Haarspaltereien irgendwelcher überspannter Anthropologie-Studenten! Nein, es führt kein Weg daran vorbei, in Deutschland gilt zur Zeit nun einmal das Motto: Spaß muß sein! Wer nicht mitmacht ist ein Spielverderber.

Was den Römern die Tapferkeit war, den Griechen die Weisheit, einem Lessing die Toleranz und einem Konstantin Wecker die Ehrlichkeit, das ist dem posttotalitären, wiedervereinigten Bundesbürger der Humor. Niemand will sich nachsagen lassen, er habe keinen Humor. Schon schlimm genug, was unsere Komiker treiben! Sie kennen vermutlich die Steigerung von geschmacklos: Krug, Krüger, Dall. Aber wenn der Humorvirus jetzt auch noch auf alle anderen gesellschaftlichen Bereiche übergreift, auf Menschen wie Hertha Däubler-Gmelin, Richard von Weizsäcker, Steffi

Graf oder gar Rita Süßmuth, dann Gnade uns Gott! Das wird die Hölle.

Es gibt so wunderbare Tugenden, und die althergebrachten Werte der Dèutschen, sie waren so praktisch und so ehrenwert: Sauberkeit, Ordnung und Fleiß. Warum muß es jetzt unbedingt der Humor sein? Es stimmt wohl doch: die Deutschen sind ein Volk von Masochisten.

DIE GESCHICHTE DER SCHLECHTEN LITERATUR

Obschon er kurz zuvor in einem Interview noch die Meinung geäußert hatte: »Solange es immer noch Germanistikstudenten gibt, die Gottfried Benn für eine Stimmungskanone des Mainzer Karnevals halten, setze ich keinen Fuß mehr auf den Campus einer deutschen Universität«, hielt Ralph Ranitzke im WS 1988/89 wieder eine Vorlesungsreihe, diesmal als Gastdozent an der Volkshochschule Augsburg über das Thema »Die Geschichte der schlechten Literatur«. Eine der Veranstaltungen hatte den Schwerpunkt »Poesie und Lyrik der Romantik«. Daraus hier ein Ausschnitt:

Bisher war ich stets der festen Überzeugung, die Tristesse der banal vegetierenden Realität sei nur zu ertragen mit Hilfe der Lebendigkeit der vital konstruierten Fiktion.

– *Gelächter aus dem Hörsaal* –

Warum lachen Sie? Das haben Sie doch überhaupt nicht verstanden. Seit einiger Zeit denke ich eher umgekehrt: Können wir den Schwachsinn unserer heutigen Autoren überhaupt noch ertragen, ohne durch die sich überschlagenden Tagesmeldungen zumindest gelegentlich auf den Teppich der Realität zurückgeholt zu werden? Ist die Literatur denn überhaupt noch spannender als die Wirklichkeit? Nun ja, hier in Augsburg vermutlich schon noch, aber schauen Sie sich sonst um in der Welt. Vom Kaukasus bis Haiti, überall pulsiert das Leben, wenn auch meist sehr unschön, aber es pulsiert, und ein Peter Handke hat nichts Besseres zu tun, als ausgerechnet über die Müdigkeit nachzudenken. Nun, das mag noch hingehen, gehörte er doch schon immer zu den Autoren, die einem die Schlaftablette mehr als nur ersetzen.

Aber auch sonst ist da weit und breit niemand, der uns endlich den Roman liefert, der dem Spannungsreichtum der Wirklichkeit standhalten könnte. Nehmen Sie Bieler zum Beispiel. Kennen Sie ihn überhaupt?

– *Schweigen im Hörsaal* –

Nun, Sie haben nichts verpaßt. Auf jeder dritten Seite seines jüngsten literarischen Verbrechens meint er, uns mitteilen zu müssen, daß sein Held dreimal täglich in die Hose kackt. Was wählt er sich auch einen Fünfjährigen zum Protagonisten und nicht einen ernstzunehmenden Menschen, der andere Sorgen hat als die Dysfunktionalität seines Schließmuskels! Die Trivialität der Hauptfigur wird zudem verstärkt durch ihre autobiographischen Züge. Unschwer erkennen wir in ihr den kleinen Bieler.

Doch trösten wir uns, die Geschichte der schlechten Literatur ist so alt wie die Geschichte der Literatur überhaupt. Nicht erst seit Hedwig Courths-Mahler gleitet die Literatur allzu oft ab ins Läppische. Könnte man die Hieroglyphen tatsächlich entziffern, man stieße mit Sicherheit auf eine Fülle unendlichen Schwachsinns. Gewiß, die vollends katastrophalen Werke fallen oftmals, doch eben nicht garantiert, durch die Maschen der Zeit, aber auch vieles, was nur mit dem Prädikat *»besonders scheußlich«* belegt werden kann, überlebt und wird uralt.

Ich will Ihnen diesen geheimnisvollen Vorgang, wie solch ein Werk überlebt, indes mal an einem besonders krassen Beispiel verdeutlichen. Ohne große Vorwarnung in medias res: Ungeduld, ein Gedicht, Literatur! UNGEDULD.

– *Nach längerer Pause Unruhe im Hörsaal* –

Ein Thema, das Sie jetzt wahrscheinlich wahnsinnig interessiert. – UNGEDULD

Ich beginne mit der zweiten Strophe, warum, darüber bin ich Ihnen keine Rechenschaft schuldig.

UNGEDULD
Ich möcht' mir ziehen einen jungen Star ... –

gemeint ist kein Boris Becker oder eine Augenkrankheit, sondern so ein kleines Vögelchen.

Ich möcht' mir ziehen einen jungen Star,
bis daß er spräch' die Worte rein und klar,
bis er sie spräch' mit meines Mundes Klang ...

Allein die Vorstellung!

... mit meines Herzens vollem, heißen Drang ...

Und jetzt kommt es:

... dann säng' er hell durch ihre Fensterscheiben:
Dein ist mein Herz, dein ist mein Herz,
und soll es ewig, ewig bleiben!

Dieses holprige, kleine Gedicht stammt nicht aus der Feder irgendeines liebeskranken Untertertianers und verschwand dann, weil es selbst dem furchtbar peinlich war, in irgendeiner namenlosen Schreibtischschublade. Keinen Herbert Grönemeyer können wir dafür zur Rechenschaft ziehen und keinen Heinz-Rudolph Kunze, obwohl der einmal ein ähnlich klägliches Poem geschrieben haben soll. Nein, dieses literarische Verbrechen wurde begangen schon vor mehr als einhundertundfünfzig Jahren von einem gewissen Wilhelm Müller und ist am Ende noch zur Unsterblichkeit verdammt dank der Tonkunst eines gewissen Franz Schubert. Der Liederzyklus *Die schöne Müllerin* ist vermutlich selbst Ihnen hier im Hörsaal ein Begriff.

– Murren im Hörsaal, wird ignoriert –

Sie sehen also, mit einer der göttlichen Schubertschen entsprechenden Musik könnte man heutzutage noch den dümmsten und plattesten Werbeslogan zu unsterblicher Literatur erheben.

Mit schöner Müllerin meint der Wilhelm Müller übrigens nicht seine bezaubernde Gattin, von der ich nicht einmal weiß, ob sie denn überhaupt dermaßen bezaubernd war, sondern die Tochter irgend so eines Müllers, wie sie damals zu Beginn des vergangenen Jahrhunderts durchaus üblich war. Im folgenden werde ich mich einem weiteren Gedicht aus demselben Zyklus zu nähern versuchen. Wieder ohne große Vorwarnung mitten hinein:

DES MÜLLERS BLUMEN

Am Bach viel kleine Blumen stehn,
Aus hellen, blauen Augen sehn;
Der Bach, der ist des Müllers Freund,
Und hellblau Liebchens Auge scheint,
Drum sind es meine Blumen,
Drum sind es meine Blumen.

Nach längerer, um nicht zu sagen: langer Beschäftigung mit diesem Text ist es mir schließlich doch noch gelungen, zumindest was die ersten beiden Zeilen betrifft, zu ahnen, was der Autor uns damit vergegenwärtigen will.

Am Bach viel kleine Blumen stehn,
Aus hellen blauen Augen sehn.

Offensichtlich will uns Wilhelm Müller, wenn auch grammatikalisch etwas unbeholfen, zunächst einmal mitteilen, daß an irgend so einem Bach eine Fülle kleiner Blumen steht, die den auktorialen Erzähler aus hellen, blauen Augen ansieht. Derlei mag vorkommen, ist zumindest mit einiger Phantasie durchaus nachvollziehbar. Bleibt natürlich die Frage, warum der wackere Reimeschmied das überhaupt für mitteilenswert hält. Nun, sehen wir weiter:

Der Bach, der ist des Müllers Freund,
Und hellblau Liebchens Auge scheint.

Ja, meine Damen und Herren, jetzt beginnt es allmählich rätselhaft zu werden bis unappetitlich. Ich immerhin sehe nicht den geringsten Zusammenhang zwischen der Feststellung, daß der Bach des Müllers Freund ist, und der Mitteilung, daß das Auge des Liebchens hellblau scheint. Stellt der Wilhelm Müller diese beiden Dinge, die so gar nichts miteinander zu tun haben, bewußt so unvermittelt nebeneinander, um uns womöglich zu verwirren? Will er uns schockieren mit der Mitteilung, daß Liebchen nur *ein* hellblaues Auge hat? Fragen über Fragen! Und so geht es weiter.

Drum sind es meine Blumen,
Drum sind es meine Blumen.

Peter Handke.
Spezialist für Müdigkeit und andere Versuche.
Schlaftablette für Ranitzke.

Ja glaubt denn der Wilhelm Müller, er könne hier durch die Wiederholung ein und desselben Satzes einen Kausalzusammenhang erzwingen? Warum sind es seine Blumen? Weil der Bach des Müllers Freund ist oder weil das eine Auge des Liebchens hellblau scheint? Er bleibt uns eine Antwort darauf schuldig.

Zweite Kata-Strophe:

> Dicht unter ihrem Fensterlein,
> Da will ich pflanzen die Blumen ein.

Soll er nur, soll er nur, ich werde ihn daran nicht hindern. Von mir aus mag er sogar noch einen ganzen Wald von Apfelbäumchen hinterherpflanzen in Luthers und Hoimar von Ditfurths Namen.

> Da ruft ihr zu, wenn alles schweigt,
> Wenn sich ihr Haupt zum Schlummer neigt,
> Ihr wißt ja, was ich meine,
> Ihr wißt ja, was ich meine.

Nein, ich weiß nicht, was er meint! Und wenn er es tausendmal wiederholt: es tut mir leid, ich finde keinen Zugang zu diesem Text.

* *
*

Eine weitere Vorlesung der selben Reihe widmete Ralph Ranitzke dem Thema »Die permanente Krise des deutschsprachigen Romans unseres Jahrhunderts«. Auch daraus ein Ausschnitt:

Wozu überhaupt Literatur? Da setzt sich einer hin und schreibt ein Buch. Warum tut er das? Tatsächlich: Die meisten *setzen* sich zu diesem Zweck. Leider kaum jemand hat noch eines dieser alten Stehpulte, an denen es sich doch um so vieles besser denken läßt als auf einem Bürostuhl, mit eingeklemmtem Zwerchfell und abgeknicktem Darm. Es gibt noch so wunderbare alte Stehpulte mit eingelegten Intarsien aus Perlmutt, Griffelablage und allem Drum und Dran, aber nein, sie setzen sich auf diese unsäglichen Bürostühle aus Plastik, unsere heutigen deutschen Schriftsteller.

Also tun wir mir ruhig einmal den Gefallen und sagen wir, da steht so ein deutscher Schriftsteller an seinem Stehpult, wohl kaum noch einen Federkiel in der Hand, aber vielleicht immerhin einen Federhalter, und ist im Begriff, ein Buch zu schreiben, einen Roman, eine Novelle, einen Gedichtband, ein Drama oder was weiß ich, was sie sich da heutzutage alles so zusammenkritzeln. Schaut man sich dieses oder jenes Ergebnis eines solch schwerwiegenden Entschlusses an, dann fragt man sich in der Tat nicht selten: was hat die Menschheit dieser armseligen Kreatur getan, daß sie sich so bitter an ihr rächen mußte, indem sie ihr ein Buch schenkte? Warum ist sie in der selben Zeit, in der sie ihre Gedanken oder das, was sie dafür hielt, aufschrieb, nicht lieber zehnmal um die Welt gereist, hat Piranhas im Amazonas geangelt, Flußpferde im Nil gefüttert oder Frauen auf den Philippinen verführt?

Und damit sind wir auch schon bei der Haupttriebfeder literarischer Betätigung. Die wenigsten wirklich guten Schriftsteller waren glücklich verheiratet oder gar glücklich verliebt. Die allerbesten waren nachgerade unglücklich verliebt. Man braucht da gar nicht auf Novalis zurückzugreifen, der vielleicht sogar ein ausgesprochen schlechtes Beispiel ist, da er in einer Zeit lebte, in der es ausgesprochen Mode war, unglücklich zu sein. Nein, nehmen wir lieber einen Mann wie Dostojewskij, also ein gestandenes Mannsbild, aber für jede ernstzunehmende Ehefrau wäre er eine Zumutung gewesen. Tolstoj, doch nun wirklich kein ganz schlechter Schriftsteller, wurde trotz (oder vielleicht gerade *wegen*?) seiner starken Bindung an das Christentum zum Tier angesichts des weiblichen Geschlechts.

Leider sind gerade unsere heutigen deutschen Schriftsteller allzu oft glücklich verheiratet. So sehr ich Siegfried Lenz seine entzückende Gattin gönne, könnte er nicht um so vieles packender, fesselnder, origineller schreiben, wüßte er sich nicht Nacht für Nacht in den Armen einer liebenden, treusorgenden Frau – und zudem immer derselben? Ich verstehe Lenz auch gar nicht, warum er überhaupt noch schreibt. Bezöge ich die volle Befriedigung aus dem Verhältnis zu einer liebenden, am Ende noch schönen Frau, schriebe ich dann weiterhin meine Kritiken? Ich hätte vermutlich Besseres zu tun.

Wären die Liebesdinge auf diesem Erdenball wohlgeordnet, wozu dann eigentlich noch Literatur?

Aber die Verhältnisse sind nicht so.

Gott sei Dank!

DAS KÄME AUF EINEN VERSUCH AN

Nicht immer ist es leicht, mit Ralph Ranitzke ins Gespräch zu kommen. Am 14ten Oktober 1992 mißlang dies einem jungen Volontär der ›Nürnberger Nachrichten‹ derart eindrücklich, daß uns das dabei entstandene Telephoninterview wert erscheint, hier abgedruckt zu werden:

NN:	Herr Ranitzke?
Ranitzke:	Am Apparat.
NN:	Ich möchte gern ein Interview mit Ihnen machen.
Ranitzke:	Ich aber nicht mit Ihnen.
NN:	Ich bin von den ›Nürnberger Nachrichten‹.
Ranitzke:	Wer ...
NN:	Ich.
Ranitzke:	... das wissen will?
NN:	Ach so.
Ranitzke:	Also?
NN:	Ich verstehe nicht.
Ranitzke:	Warum legen Sie nicht auf?
NN:	Weil ich mit Ihnen sprechen möchte.
Ranitzke:	Was ich Ihnen zu sagen hätte, wird Sie nicht interessieren.
NN:	Das käme auf einen Versuch an.

Ranitzke: Es gibt Versuche, die man sich besser sparen sollte. Zum Beispiel die Atomversuche.

NN: Sind Sie Pazifist?

Ranitzke: Wie kommen Sie denn darauf?

NN: Ich dachte nur ...

Ranitzke: Sehen Sie, das war Ihr Fehler.

NN: Sind Sie gegen das Denken?

Ranitzke: Wie alt sind Sie?

NN: 24.

Ranitzke: Wo sind Sie geboren?

NN: In Stockach.

Ranitzke: Wo ist das?

NN: Am Bodensee.

Ranitzke: Sehen Sie, daher verstehen wir uns nicht. Mögen Sie Walser?

NN: Auch nicht sonderlich.

Ranitzke: Lügen Sie nicht! Sie mögen ihn.

NN: Aber das können Sie doch gar nicht wissen.

Ranitzke: Ich kann.

NN: Gibt es irgend etwas, das Sie nicht können?

Ranitzke: Ich kann Leute nicht ausstehen, die dumme Fragen stellen.

NN: Sie halten meine Fragen für dumm?

Ranitzke: Haben Sie schon welche gestellt?

NN: Nicht die, die ich wollte.

Ranitzke: Gott sei Dank.

NN: ...

Ranitzke: Was ist? Warum sagen Sie nichts?

NN: Ich habe den Eindruck, es ist Ihnen lieber, wenn ich schweige.

Ranitzke: Machen Sie das öfter?

NN: Was?

Ranitzke: Eine Nummer wählen und dann nichts sagen?

NN: Eigentlich nicht.

Ranitzke: Nur vom Büro aus, was?

NN: Ich bin nicht im Büro.

Ranitzke: Wo denn?

NN: Bei mir zu Hause.

Ranitzke: Unser Gespräch gewinnt immer mehr an Niveau.

NN: Das ist nicht meine Schuld.

Ranitzke: Warum geben Sie nicht auf?

– *Stille* –

NN: Herr Ranitzke, stimmt es, daß Sie ...

Ranitzke: Nein.

NN: ...

Ranitzke: Seien Sie doch vernünftig! Nehmen Sie den Hörer und legen Sie auf!

NN: Das müssen Sie schon tun.

Ranitzke: Ich bin ein höflicher Mensch.

NN: Daß ich nicht lache!

Ranitzke: Warum werden Sie jetzt auch noch frech? Damit tun Sie sich und Ihrer Zeitung keinen Gefallen.

NN: Herr Ranitzke, ich glaube ...

Ranitzke: Sehen Sie, noch ein Grund, weswegen wir uns nicht verständigen können. Sie sind gläubig.

NN: Es hat keinen Zweck.

Ranitzke: Na großartig. Sie sind also doch ein vernunftbegabtes Wesen.

NN: Auf Wiedersehen.

Ranitzke: Kann mich nicht erinnern, daß wir uns schon mal gesehen haben.

NN: Wiederhören.

Ranitzke: Sind Sie sicher?

NN: Nein.

Ranitzke: Na, sehen Sie.

DIE PREISVERLEIHUNG

Anläßlich der Verleihung des mit 120,– DM dotierten Schwäbischen Theaterpreises hielt Ralph Ranitzke am 19ten Dezember 1992 in Stuttgart folgende vielbeachtete Rede:

Meine Damen und Herren!

Zunächst einmal möchte ich mich bei Ihnen recht herzlich bedanken für die freundliche Einladung. Sie ist mir wahrhaftig eine große Ehre, und ich sage das ohne jede Ironie – nein, nein, nein, dabei werden Sie mich diesmal nicht ertappen! Es ist mein voller Ernst: Ich bin sehr stolz darauf, hier jetzt zu Ihnen sprechen zu müssen ... zu dürfen. Allerdings befürchte ich, daß sich Ihr Veranstalter mit meiner Einladung einen Bärendienst erwiesen hat, denn eines kann ich Ihnen gleich verraten: ich habe nicht eine einzige der hier zu prämierenden Inszenierungen gesehen. Das hat gar nichts mit diesen Inszenierungen zu tun, die alle sicherlich sehr anständig gearbeitet sind, da habe ich überhaupt keine Zweifel. Es hat nichts mit der Qualität der Schauspieler zu tun, der Bühnenbildner, der Dramaturgen und Regisseure, ohne Frage ausnahmslos sehr ehrenwerte Menschen. Vielleicht denken Sie jetzt, ich hätte etwas gegen die schwäbische Sprache, denn ich habe davon gehört, daß zahlreiche der Stücke, die hier der Jury zugemutet wurden, in Schwäbisch geschrieben sind. Nun, wie soll ich etwas gegen diese Sprache haben, ich verstehe sie ja kaum. Im Gegenteil, ich finde, sie klingt sogar sehr putzig.

Nein, so kommen wir nicht weiter, wenn wir nach den Gründen suchen für meine Abstinenz auf diesem Festival. Auch meinen gewiß sehr gefüllten Terminkalender will ich jetzt nicht ins Feld führen, die Grippe meiner Gattin oder ähnliche Albernheiten. Also reden wir nicht lange darum herum: Mein Boykott Ihrer Veranstaltungen hat überhaupt nichts zu tun mit Ihnen oder Ihrem Festival.

Meine Damen und Herren, ich muß Ihnen ein Geständnis machen: Ich gehe niemals ins Theater. Ich habe von diesen Dingen keine Ahnung, keinen blassen Schimmer. Warum? Ganz einfach: sie interessieren mich nicht. Früher, als junger Mensch, bin ich noch sehr häufig ins Theater gegangen, denn ich dachte, es gehöre sich so für einen kultivierten Menschen. Obwohl mich regelmäßig gähnende Langeweile übermannte, sobald sich irgendwo ein Theatervorhang hob, blieb ich unbeirrt ein fleißiger Zuschauer dieser meist nicht enden wollenden Veranstaltungen. Ich spreche jetzt nicht von der Oper, das ist etwas ganz anderes, Oper ist großartig, aber Theater, es tut mir leid, ich konnte und kann dem nun einmal nichts abgewinnen. Lange Zeit glaubte ich, es läge an mir, an irgendeiner Art seelischen, geistigen oder sogar moralischen Defekts, wie das Bettnässen oder der Waschzwang. Ich hatte ein furchtbar schlechtes Gewissen. Wohin ich auch schaute, überall schwärmte es für die großartigen Inszenierungen Max Reinhardts und Piscators, den neusten Renner von Ernst Toller, Ferdinand Bruckner, Bert Brecht – ach, Brecht, warum hat dieser begabte Lyriker nur derart viel Energie an seine unerträglichen Dramen verschleudert?! – ja, und ich saß in all diesen umjubelten Aufführungen, sagte mir heimlich Gedichte auf, summte Melodien von Mozart und Wagner vor meinem inneren Ohr und träumte davon, gleich nach der Vorstellung wieder hinter meine gedruckten Lieblinge zu eilen, während sich auf der Bühne all die Gründgens, Giehses und Kornters ebenso verzweifelt wie vergeblich abmühten, meine Aufmerksamkeit zu erregen.

Natürlich wagte ich nicht, mit jemandem über mein Problem zu sprechen, es war mir zu peinlich. Da ich niemals ein gläubiger Mensch war oder dem Humbug der modernen Psychologie irgend etwas abgewinnen konnte, hatte ich weder einen Beichtvater noch einen Therapeuten, bei dem ich mich jedenfalls verbal hätte erleichtern können. Also machte ich mir selber meine Gedanken. Zunächst nahm ich an, mein Unverständnis für Dramatik sei vererbt, dann hielt ich es entsprechend meiner Zuwendung zur kommunistischen Idee für anerzogen, bis ich schließlich mit zunehmender Reife zu der Überzeugung gelangte: nicht in mir steckt die Wurzel des Übels, nein, die Schuld an meinem gebrochenen Verhältnis zum Theater liegt begründet im Theater selbst. Nicht *ich* bin zu dumm, zu unsensibel, zu borniert, um Theater spannend zu finden, nein, das Theater *ist* langweilig, und die Tatsache, daß ich mich im Theater langweile, adelt mich. Sie erhebt mich über all die anderen Durchschnittsmenschen, die nicht imstande sind, die Vergeblichkeit des Versuches zu durchschauen, Wirklichkeit darzustellen. Man kann versuchen, Wirklichkeit zu beschreiben, wie im Roman, wie in der Novelle, ja selbst im Gedicht gelingt es zuweilen. Aber Wirklichkeitsdarstellung, ihr haftet immer etwas, verzeihen Sie mir, etwas ausgesprochen Lächerliches an, um nicht zu sagen, ich finde sie schlichtweg kindisch.

Doch lassen wir das! Nicht jeder muß alles mögen. Es

gibt vermutlich Schlimmeres als meine Aversion gegen das Theater. Aber bitte erwarten Sie von mir jetzt nicht, daß ich mich zu Fragen des Theaters äußere. Im Gegensatz zu vielen meiner Kollegen weigere ich mich, über Dinge zu sprechen, von denen ich nichts verstehe. Deshalb habe ich nie Ernst Jünger besprochen, das ist nicht meine Welt. Christa Wolf, ja, das ist meine Welt, aber offensichtlich nicht die ihre.

Nun, wie auch immer, ich werde jetzt über das Theater ebensowenig sprechen wie über die Neuapostolische Kirche oder die Heavy-Metal-Bewegung. Ich könnte selbstverständlich sprechen über Literatur. Aber auch das werde ich nicht tun, denn, um nun abschließend doch noch meiner Halbbildung auf dem Gebiet der Dramatik Ausdruck zu verleihen:

> Der Worte sind genug gewechselt.
> So sehen wir denn betroffen,
> den Vorhang zu und alle Fragen offen,

insbesondere die Frage, warum der Veranstalter ausgerechnet mich hier als Festredner eingeladen hat, und noch mehr, warum ich diese Einladung angenommen habe. – Ich danke Ihnen sehr für Ihre vergebliche Aufmerksamkeit.

DIE BIBEL

Von 1973 bis 1988 leitete Ralph Ranitzke die Redaktion für Literatur und Literarisches Leben der ›Frankfurter Allgemeinen Zeitung‹. Gerade in dieser Zeit begab es sich, daß ein Gebot von den Bischöfen Deutschlands, Österreichs, der Schweiz, Luxemburgs, Lüttichs und von Bozen-Brixen sowie des Rates der Evangelischen Kirche in Deutschland ausging, daß die Bibel neu aufgelegt werde.[1] *Bei diesem Ereignis von ganz außerordentlicher literarischer Tragweite zählte Ralph Ranitzke selbstverständlich zu den ersten, die um eine Besprechung gebeten wurden. Auch wenn er zu jener Zeit noch nicht die Popularität von heute besaß, so konnte er doch bewirken, daß die erste Auflage sehr bald vergriffen war. Schon damals galt für alle Verleger, was gegenwärtig mehr denn je Gültigkeit hat: egal* wie *Ranitzke bespricht, Hauptsache er bespricht.*

Plädoyer für eine Konzentration der literarischen Potenzen

Die deutschsprachigen Bischöfe traten an mich heran, ich möge die in ihrem Auftrag neuaufgelegte Bibel rezensieren. Ich komme dieser Aufforderung nur allzugern nach, aller-

---

[1] Einheitsübersetzung der Heiligen Schrift, *Die Bibel*, Gesamtausgabe. Stuttgart 1980.

dings nicht, weil ich diese Veröffentlichung für besonders gelungen halte und deshalb meine, sie empfehlen zu müssen, auch nicht, weil ich sie für gänzlich mißraten erachte und demzufolge meine, den Leser vor ihr warnen zu müssen. Um es gleich vorwegzunehmen: Ich sehe die Bibel für ganz außerordentlich geglückt an, zumindest große Teile des ›Alten Testamentes‹, aber das ist nicht der Grund, weswegen ich mich zu einer Besprechung entschlossen habe.

Mich bewegte etwas ganz anderes, einige Zeilen niederzuschreiben anläßlich der Neuauflage dieses Klassikers. Die Kardinäle Joseph Höffner, Alfred Bengsch und Franz König sowie Landesbischof Eduard Lohse und all die anderen haben hier nämlich, vermutlich ohne es auch nur zu ahnen, geschweige denn zu wollen, eine Drucklegung angeregt, die Modellcharakter haben könnte für die ganze in der Krise befindliche deutschsprachige Literatur der Gegenwart.

Wie wir alle wissen, ist die Bibel nicht verfaßt worden von einem einzelnen Schriftsteller, sondern von einem Autorenkollektiv. Die besten Lyriker, Prosaisten und Dramatiker des hebräischsprachigen Raumes taten sich zusammen, um dieses monumentale Werk zu erstellen. Ihre Initiative wirkte epochenübergreifend durch weit mehr als ein Jahrtausend, denn es zeigte sich sehr bald, daß ein solch umfangreiches Werk nicht von heute auf morgen fertigzustellen war, gerade in einer Zeit, in der allein der Akt der Niederschrift mit großem Zeitaufwand verbunden war. An Ideen fehlte es nicht, auch wenn man bereits damals meinte, woanders abschreiben zu müssen, obwohl es noch kaum etwas anderes gab. Eine der wenigen anspruchsvolleren Veröffentlichungen, die schon vor Beginn der Arbeiten an der ›Bibel‹ zum Abschluß gebracht werden konnte, war das ›Gilgamesch-Epos‹, das

Werk eines hochbegabten sumerischen Autors. Es enthielt eine äußerst geglückte Passage: die Geschichte von der Sintflut.

Es sei den Bibelautoren verziehen, daß sie hier auf Bewährtes zurückgriffen, ist doch genügend anderes auf ihrem eigenen Acker gewachsen: die Schöpfungsgeschichte, die Josephsgeschichte, die ägyptischen Plagen, die Rettung am Schilfmeer, überhaupt sind die fünf Bücher Mose gespickt mit fabelhaften, ausgesprochen originellen Sujets. Das setzt sich fort besonders in den beiden Büchern der Könige, im Buch Daniel und im Buch Jona. Ganz ausgezeichnet natürlich die Lyrik eines David und seines beneidenswert talentierten Sohnes Salomon, auch wenn die Vorstellung, daß diese Verse nicht nur gelesen, sondern auch zur Leier gesungen wurden, mir einiges Unbehagen verursacht. Es gehört wohl zu den zahlreichen Glücksfällen um die Überlieferung der Bibel, daß die dazugehörigen Noten im Laufe der Jahre verloren gingen.

Natürlich erleichterte die aus ihrer grandiosen Mitgliederzahl resultierende Unübersichtlichkeit des biblischen Autorenkollektivs auch manchem Versager den Zutritt zur Weltliteratur. Nur so ist es zu erklären, daß einige Passagen dieses Monumentalwerkes vollständig danebengerieten. Das beginnt leider schon im Pentateuch. Einige bis auf die Knochen talentlose Schreiberlinge brachten dort Manuskripte durch, die offensichtlich nur darauf angelegt waren, mittels unendlich ermüdender Aufzählungen leicht verdientes Zeilenhonorar zu kassieren. Das betrifft insbesondere Genesis 4,25 bis 5,32 und 11,10 bis 11,32: Die Liste der Nachkommen Sets und der Vorfahren Abrahams. Das alles liest sich nicht spannender als das Telephonbuch von Gütersloh, während das dritte Buch Mose, die sogenannten Leviten, das Strafgesetzbuch des Schweizer Kantons Unterwalden kaum an literarischem Wert übertrifft. Leider hat die ›Katholische Bibelanstalt GmbH‹ bei ihrer Neuauflage die Chance vertan, diese ganz und gar stümperhaften Kapitel aus dem grandiosen Gesamtwerk zu entfernen.

Doch all die schwer zu übersehenden Mängel werden mehr als wettgemacht durch eine Fülle glänzend geschriebener Texte: außer den schon erwähnten insbesondere die ganz vorzügliche Hiobsgeschichte, die Konfessionen des Jeremia, die Offenbarung des Johannes und nicht wenige unter den Paulinischen Briefen.

Angesichts dieser insgesamt doch recht positiven Bilanz drängt sich der Gedanke auf, ob den heutigen deutschsprachigen Schriftstellern nicht auch zu empfehlen wäre, sich in einem großen Team zusammenzutun, um gemeinsam jedenfalls *ein* halbwegs brauchbares Buch abzuliefern. Auf diesem Wege käme, wenn auch sicher nicht mehr zu unseren Lebzeiten, womöglich eine Ausgabe zustande, die mehr als nur zwei Jahre nach ihrem Erscheinen noch gelesen wird. Von den ersten Recherchen bis zur Endredaktion der 1395 Bibelseiten gingen, wie gesagt, weit mehr als tausend Jahre ins Land. Mit Hilfe der modernen Textverarbeitung ließe sich eine 140seitige Erzählung jedoch eventuell schon in hundert Jahren fertigstellen, und wenn all die Walsers, Härtlings, Handkes, Kempowskis, Heins und Beckers sofort damit begännen, profitierten vermutlich schon unsere Urenkel davon.

Noch während der Aufzählung dieser Namen kommen mir schon wieder Zweifel, ob es unseren heutigen Autoren tatsächlich gelänge, ein solch ehrgeiziges Projekt zu realisieren. Jedoch auch für den sehr wahrscheinlichen Fall, daß nichts der Bibel Vergleichbares dabei herauskäme, einen Vorteil hätte die kollektive Arbeitsweise gewiß: All die traurigen Gestalten der deutschsprachigen Literaturszene kämen endlich einmal aus ihrer deprimierenden Vereinzelung heraus.

Ich stelle mir vor, man ließe sie wie ganz normale Menschen in einer Firma zusammenarbeiten. Auf diese Weise bekäme man im übrigen endlich die Kontrolle darüber, ob sie auch tatsächlich arbeiten und nicht nur am Schreibtisch sitzen und Nägel kauen. Wer ein Großraumbüro partout meint ablehnen zu müssen, erhielte immerhin während der Mahlzeiten in der Betriebskantine die Gelegenheit, mit den Kollegen ins Gespräch zu kommen und so aus seinem inneren Monolog herauszutreten. Behutsam herangeführt an die von ihnen bis dahin vollkommen ungeahnten Möglichkeiten des Dialogs, wären sie vielleicht in den Stand gesetzt, jedenfalls eine halbwegs erträgliche Komödie zu fabrizieren.

Die Bündelung der literarischen Potenzen einer Sprachgemeinschaft und ihre Konzentration auf ein einziges Projekt hat allerdings ganz ohne Frage auch erhebliche Nachteile. Erstaunlicherweise ist in der gesamten Literaturgeschichte noch nie die eine Frage gestellt worden, welche im Grunde auf der Hand liegt: Warum gelang es der biblischen Autorengemeinschaft nicht, ihrem ersten großen Wurf einen weiteren folgen zu lassen. Sicher, die Bibel ist ein ansehnliches Buch, aber reicht das aus? Danach schwiegen sie sich aus, die Herren Autoren. Ebenso ein Team um den altpersischen Autor Zarathustra: Es schrieb seine ›Awesta‹ und setzte sich daraufhin zur Ruhe, verfiel dem Alkohol, geriet an Drogen oder in Depressionen, schrieb jedenfalls nichts Anständiges mehr.

Ganz anders die Einzelschriftsteller jener Zeit: Gelang es einem Homer, der ›Ilias‹ gerade noch eine ›Odyssee‹ folgen zu lassen, so brachte ein chinesischer Autor namens Konfuzius es immerhin schon auf drei beachtliche Bücher: ›Yi-King‹, ›Schi-King‹ und ›Schu-King‹. Doch es gab zur Entstehenszeit der ›Bibel‹ auch bereits regelrechte Vielschreiber. Einige griechische Autoren, wie Aischylos und Sophokles, schrieben Tragödien wie später Haydn Symphonien und heute Simmel und Konsalik ihre Romane. Aischylos brachte es auf 90 Tragödien, Sophokles sogar auf 123. Nun, das ist sicher das andere Extrem und sollte gewiß nicht zur allgemeinen Richtschnur werden. Doch ein verheißungsvoller Erstling – und dann nur noch Sendepause: das ist einfach zu wenig.

Offensichtlich führt die allzu große Konzentration auf einen außergewöhnlichen Wurf zum Aufzehren der Kräfte und hinterläßt, ähnlich wie in der Botanik die Monokultur, nur noch fruchtlose Wüste. Dennoch bleibe ich dabei: besser viele Schriftsteller bringen, wie im alten Israel, alle zusammen ein bedeutendes Werk hervor, als noch mehr Autoren produzieren, wie bei uns, jeder für sich ausschließlich Belanglosigkeiten.

NIE WARST DU MIR SO NAH

Eines der größten Rätsel um den Menschen Ralph Ranitzke ist seine heftige Leidenschaft für die promovierte Lyrik einer Bremer Rundfunkredakteurin, der es unter dem Namen Ulla Hahn gelang, mehrere Gedichtbände zu veröffentlichen und damit zahlreiche Preise zu erwerben. Durch einen glücklichen Zufall geriet die Redaktion der vorliegenden Textsammlung in den Besitz eines Dokumentes, das dieses Phänomen einer Erklärung um einiges näher bringen dürfte. Das Schriftstück beweist, was von ihm immer wieder wortreich bestritten wird: Ralph Ranitzke schreibt heimlich Gedichte. Hier eines seiner letzten.

UNSÄGLICHE NÄHE

Kein Käfer im Mai
Bauer im Nerz
Tochter der Wüste
Flüchtiger Scherz.
Kein Schweiß im Tuch
Ein Wort zu viel
Zu viel gesagt
Alles verschwiegen.
Worte klauben
Aber glauben
Schmeckt wie Seife
Auf deiner Haut.
Telephonhörer im Anschlag
Anruf, kein Lächeln
Keine Träne beim Abschied
Nie warst du mir so nah.

Wir können unseren Lesern versichern: diese nahezu reimfreien Verse sind echt, ganz im Gegensatz zu zwei Gedichten, die der ›Stern‹ in der leicht zu durchschauenden Absicht veröffentlicht hat, Ralph Ranitzke zu unterstellen, er verachte im Grunde Ulla Hahn als Lyrikerin und protegiere sie nur in der Hoffnung, von ihr eine außer-literarische Gegenleistung zu erlangen. Das folgende Gedicht soll Ranitzke angeblich nach Erscheinen des vierten Gedichtbandes der Rundfunkredakteurin verfaßt haben:

HÄHNE KRÄHEN

Als der Hahn zum dritten Mal krähte
Wußte er, daß er beim vierten Mal
Auf taube Ohren stoßen würde.
Als die Hahn zum vierten Mal krähte
Wußte sie nicht, daß sie schon beim ersten Mal
Auf taube Ohren gestoßen war.

Auch beim nächsten Poem ist der ›Stern‹ wohl einmal mehr einer Fälschung aufgesessen. Ranitzke soll es geschrieben haben, nachdem Ulla Hahn mit der Marlene-Brücher-Medaille der Stadt Wolfsburg ausgezeichnet wurde.

KANON

Wenn die Hahn schreibt ihren Mist,
Erntet sie Lametta, talentlos wie sie ist.

Die vollständige Fehlinterpretation des Verhältnisses zwischen Ulla Hahn und Ralph Ranitzke durch die Medien ist also nur zurückzuführen auf die übergroße Bescheidenheit des Meisters, die ihn daran hinderte, für seine unsentimental-gefühlvollen Gedichte öffentlich einzustehen. Die Enthüllung der Urheberschaft von »Unsägliche Nähe« läßt keinen Zweifel mehr: Die Nähe zwischen Ulla Hahn und Ralph Ranitzke ist eine rein seelisch-geistige, denn beide sprechen exakt die selbe lyrische Sprache.

Genscher, von Sinnen, Ranitzke.
Allergie kontra Allegorie.

DAS EUROPÄISCHE HAUS

Die ungeheure Respektlosigkeit eines Ralph Ranitzke – als Schamlosigkeit empfunden von den einen, von den anderen als Courage – macht auch nicht halt vor ehemaligen Außenministern und Anwärtern auf das Bundespräsidentenamt. Uns allen ist unvergeßlich, mit welcher Heftigkeit Ralph Ranitzke Hans-Dietrich Genscher attackierte in der Talk-Show »Leute gestern morgen heute«, nicht ohne dabei vor Erregung Hella von Sinnen das Mineralwasser über den gerade neu erworbenen Hosenanzug zu gießen. Mit unglaublicher Vehemenz unterbrach er Genschers Ausführungen zum Ausbau des »Europäischen Hauses«:

Europäisches Haus, entschuldigen Sie bitte, Herr Genscher, ich kann dieses Wort nicht mehr hören. So geistreich ist dieses Sprachbild von Herrn Gorbatschow doch nun auch wieder nicht, daß alle Welt es nachäffen muß. Besonders peinlich wird es immer dann, wenn man meint, diese hölzerne Metapher weiterentwickeln zu müssen. Das ist ja schon eine richtige Sportart geworden: Europäische-Haus-Allegorie. Ich bekomme davon nur Europäische-Haus-Allergie. ›Ach, Europa!‹ kann ich da nur sagen mit Hans Magnus Enzensberger.

Was schustern Sie sich da nicht alles zusammen, Sie und Ihre Amtskollegen: »Im Europäischen Haus brauchen wir keine Pförtner, Die Steigleitungen im Europäischen Haus sind reparaturbedürftig, Die Zimmer im Europäischen Haus brauchen Verbindungstüren, Frankreich: das Eßzimmer, Deutschland: das Arbeitszimmer, die Schweiz: der Tresorraum im Europäischen Haus; USA: das Gästezimmer, DDR: das Durchgangszimmer, Polen, Ungarn, Bulgarien: die Kinderzimmer, Tschechische Republik und Slowakische Republik: die Krabbelstuben, GUS: der Kreißsaal, Rußland: die Tiefgarage im Europäischen Haus, mit Litauen als Lichtschacht.« Da kann man ja gleich sagen: ›Manchester – der Bretterverschlag im Europäischen Kohlenkeller, Mailand – die Buntfaltenhose im Europäischen Kleiderschrank, Brüssel – der Schreibtisch im Europäischen Großraumbüro, Berlin – der Hundehaufen auf dem Europäischen Bürgersteig, Wien – der Taubenschiß auf dem Europäischen Hinterhof, Rimini – die Plastikente in der Europäischen Badewanne, Rom – das Katzenklo, und Erlangen – die Pinnwand in der Europäischen Wohngemeinschaft. Schweden: das Schlafzimmer, Dänemark: die Besenkammer, Island: das Dachstübchen, Italien: der Hobbykeller, Albanien: die Gerümpelkammer, Rumänien: das Krankenzimmer, Georgien: die Waffenkammer, und am Ende noch Irland: die Außentoilette im Europäischen Haus‹.

Das ist doch geschmacklos, so etwas, und bestimmt nicht geeignet, den Nationalismus zu beseitigen! Im Gegenteil.

KOLONIEN DER FRAUEN

Der Popularität Ralph Ranitzkes zum endgültigen Durchbruch verhalf ganz zweifellos das ›Literarische Ballett‹, eine Fernsehserie, bei der vier bekannte Literaturkritiker unmittelbar nach dem ›Heute Journal‹ zu einem rhetorischen Spitzenballett antreten auf dem Rücken meist deutschsprachiger Autoren. Die Quote ist stets vertreten durch Frau Sigrid Löffler von der Wiener Zeitung ›Profil‹. So bleibt es nicht aus, daß immer wieder heftige Debatten geführt werden müssen zum Thema »Frauen und Literatur«, ausgelöst zumeist – wen nimmt es wunder? – durch Frauenliteratur. In einem Fall von vielen war es Elke Heidenreichs Bestseller »Kolonien der Liebe«. Das Buch wurde vorgestellt von Sigrid Löffler. Außer Ranitzke und ihr waren an der Debatte beteiligt der Stammgast Hellmuth Karasek vom ›Spiegel‹ in Hamburg und Frau Klara Obermüller von der ›Zürcher Weltwoche‹.

Löffler: Kolonien der Liebe, so heißt das Buch von Elke Heidenreich, und ich möchte es hier zur Diskussion stellen, nicht weil es ein Bestseller ist, sondern weil ich es für ein sehr bemerkenswertes Buch halte. Von der Heidenreich kannte ich bis dahin, ehrlich gesagt, nur diese kurzen Spots aus dem Rundfunk, diese fürchterlich quasselnde Hausfrau, diese volkstümliche Kunstfigur von ihr, die sich Else Stratmann schimpft, und so habe ich mir von dem Buch zunächst einmal gar nichts erwartet. Aber ich muß sagen, ich wurde eines besseren belehrt. Je weiter ich in den Roman vordrang …

Karasek: Roman?!

Löffler: Nein, es sind Erzählungen, natürlich, eine Sammlung von Erzählungen. Entschuldigung.

Karasek: Bitte sehr.

Löffler: Je mehr ich von diesen Erzählungen also las, desto mehr zogen sie mich in ihren Bann. Diese Erzählungen sind Geschichten, Geschichten *von* Frauen, *um* Frauen, *aus der Sicht von* Frauen. Es sind sicher nicht die ersten Geschichten von Frauen, die auf dem Büchermarkt erschienen sind, doch hoffentlich auch nicht die letzten. Geschichten von Frauen sind ja, es liegt wohl an den Frauen selber, auch immer ein bißchen Geschichten von Liebe, Liebesgeschichten also, Geschichten um Liebe, Geschichten um verweigerte Liebe, gelebte Liebe, geliebte Liebe, gelittene Liebe, ersehnte Liebe, geträumte Liebe, Liebesträume, Liebesfreud, Liebesleid, mehr Liebesleid als Liebesfreud, kaum Liebestaumel, nein: Liebestaumel nie, Liebesverlangen, Liebesentzug, entzogene Liebe. Ich sage ganz bewußt: ein bißchen Geschichten von Liebe, denn es geht, Gott sei Dank, nicht nur um Liebe, und Heidenreich vermeidet dadurch in

Ute Lemper.
Bentz als Erfinder des Otto-Motors.

wohltuender Weise das alte Klischee von den Frauen als Liebesmaschine, als Sexdummchen, Betthupferl oder Gebärmutter, liebende Gattin, liebende Geliebte, liebende Schwester oder Krankenschwester, nein, es geht wirklich nicht nur um Liebe ...

Ranitzke: Liebe Frau Löffler, meine liebe, worum geht es denn, wenn nicht um Liebe?

Löffler: Es geht um ...

Ranitzke: ... um Treue, Untreue, Eifersucht.

Löffler: Ja, darum auch. Aber mehr noch geht es um ...

Ranitzke: Zärtlichkeit, Hingebung, Leidenschaft.

Löffler: Selbstverständlich auch. Haben Sie etwas dagegen?

Ranitzke: Nein, ich habe nichts dagegen. Im Gegenteil. Wie kommen Sie darauf?

Löffler: Mir war so, als hätte ich da einen leichten Vorwurf im Unterton gehört.

Ranitzke: Da haben Sie sich verhört.

Löffler: Ich glaube kaum.

Ranitzke: Das ist doch albern!

Löffler: Das finde ich auch.

Ranitzke: Sie sind doch nur beleidigt, weil ich nicht gleich aufschreie: *Hurra! Hurra, es geht um Liebe!*

Löffler: Ich bin überhaupt nicht beleidigt.

Ranitzke: Doch das sind Sie.

Löffler: Und wenn es so wäre, das ist doch jetzt überhaupt nicht unser Thema.

Ranitzke: Vielleicht ist es nicht *Ihr* Thema, *meines* ist es schon.

Löffler: Entschuldigen Sie bitte, ob ich beleidigt bin oder nicht, was hat denn das mit der Qualität dieses Romans zu tun?

Karasek: Romans?

Löffler: Mit der Qualität dieser Erzählungen.

Ranitzke: Sehr viel.

Löffler: Aber ich bitte Sie! Mein Gemütszustand ist doch wohl allein meine Sache. Der geht Sie überhaupt nichts an!

Ranitzke: Oh, doch!

Karasek: Ich hätte jetzt aber gern endlich einmal gehört, worum es außer Liebe noch geht in dieser Anekdotensammlung.

Löffler: Es sind keine Anekdoten. Es sind Erzählungen.

Karasek: Ja, natürlich, Erzählungen. Entschuldigung.

Löffler: Bitte sehr.

Karasek: Danke sehr.

Ranitzke: Also, worum geht es noch?

Löffler: Das hätte ich Ihnen schon lange gesagt, wenn Sie mich nicht andauernd unterbrochen hätten.

Ranitzke: Sehen Sie, Sie sind *doch* beleidigt.

Löffler: Das bin ich nicht.

Ranitzke: Doch.

Löffler: Nein.

Ranitzke: Doch.

Löffler: Es geht in dem Buch vor allem um Abgründe.

Ranitzke: Das klingt interessant.

Löffler: Na, sehen Sie!

Ranitzke: Das *klingt* interessant, aber das *ist* es nicht.

Löffler: Warum nicht?

Ranitzke: Weil Ihre sogenannten Abgründe keine Abgründe sind. Was schimpft sich heutzutage nicht alles ein Abgrund! Meinen Sie mit Abgründen vielleicht, daß irgend so ein alberner Teenager sich vom Dach eines mehrstöckigen Hauses stürzt, nur weil ein unreifes Bürschchen namens James Dean, mehrere tausend Kilometer entfernt, im Suff gegen eine Mauer gerast ist, oder daß eine dumme Gans namens Lisa den Gashahn aufdreht, lediglich auf Grund der Tatsache, daß ihr Gatte nicht gleich nach Italien nachgereist kommt? Oder ist es ein Abgrund für Sie, wenn eine gewisse Elisabeth mit einem dicken hellrosa Plüschschwein durch die Gegend gondelt und es schließlich einem ebenso fetten italienischen Koch zu Weihnachten schenkt?

Löffler: Mir scheint, Sie haben die Geschichten nicht ganz verstanden.

Ranitzke: Entschuldigen Sie bitte, was gibt es denn da groß zu verstehen?

Löffler: Da muß man vielleicht ein bißchen genauer hingucken. Das macht doch gerade den Reiz aus dieses Romans ...

Karasek: Romans?

Löffler: ... dieser Erzählungen, daß sich hinter ganz banalen, alltäglichen Dingen ungeheuer große Tragödien verbergen.

Karasek: Verbergen? Sie werden einem aufs Auge gedrückt.

Löffler: Dann hätte sie auch Herr Ranitzke gesehen.

Karasek: Vielleicht sieht er den Wald vor Bäumen nicht. In jedem zweiten Satz taucht das Wort *Krise, Unglück* oder *Katastrophe* auf.

Löffler: Das stimmt nicht.

Karasek: Dann in jedem dritten.

Löffler: Dann haben Sie ein anderes Buch gelesen.

Karasek: Machen Sie mich nicht schwach! Sollte ich nicht »Kolonien der Liebe« lesen?

Löffler: Sie *sollten* nicht, Sie *durften.*

Karasek: Von Elke Heidenreich?

Löffler: Sie sagen es.

Karasek: Ja, und wie heißt da in dieser traurigen Geschichte, von den Dreharbeiten zu einem schlechten Film, wie heißt da die Regieassistentin?

Löffler: Ich weiß es nicht mehr. Gisela, glaube ich.

Karasek: Ja, aber wie wird sie von allen genannt? Krisela! Krisela, ruft man das arme Kind!

Löffler: Was beweist das?

Karasek: Was das beweist? Bis in die Namen hinein meint die Heidenreich, uns mit dem Zaunpfahl winken zu müssen, daß es in ihren Anekdoten ...

Löffler: Erzählungen!

Karasek: ... in ihren Anekdoten um schwere menschliche Krisen geht, zu Recht, meine ich, sonst würde man es nämlich tatsächlich nicht merken.

Löffler: Was wollen Sie eigentlich? Glauben Sie denn, das ganze Leben besteht nur aus Shakespearschen Königsdramen mit Mord und Totschlag?

Karasek: Was haben sie gegen Shakespeares Königsdramen?

Löffler: Überhaupt nichts. Aber ich habe etwas gegen dumme Jungen, die sich so das wirkliche Leben vorstellen. Gerade die kleinen Katastrophen sind es doch, die den modernen Menschen zerstören, nicht die großen, und genau das arbeitet die Heidenreich in dem Buch sehr schön heraus.

Obermüller: Also, ich finde das Buch auch sehr gut.

Ranitzke: Schluß! Aus! Jetzt reicht es!
Jetzt werde ich Ihnen mal sagen, was ich von dem Buch halte.

Löffler: Aber das haben Sie doch schon.

Ranitzke: Nein, das habe ich noch nicht. Also. Ich halte das Buch von der Heidenreich nicht nur für schlecht, ich halte es sogar für das, was es Ihrer Meinung nach gerade zum Thema hat: für eine menschliche Katastrophe.

Löffler: Was Sie nicht sagen!

Ranitzke: Ja, denn es ist zum einen äußerst schlecht geschrieben. Die Sprache, welche die Heidenreich benutzt, ist grauenvoll. *Er ist nicht locker, er ist nicht cool, er sieht bescheuert aus in seinen schwarzen Lederklamotten, und seine Lieder sind einfach Scheiße*. Entschuldigen Sie bitte, aber diese Sprache ist einfach Dreck. Ständig ist die Rede von irgendwelchen *fiesen Typen mit hängenden Ärschen* oder von *irrsinnig engagierten Nutten, die ganz okay sind*. Wenn ich früher so etwas lesen wollte, dann habe ich mir ein Dreigroschenheft gekauft.

Löffler: Herr Ranitzke, aber ich bitte Sie. Das ist nicht die Sprache von Elke Heidenreich, das ist doch die Sprache der Ich-erzählenden Frauen, und ich finde, die Heidenreich trifft ihren Ton ganz ausgezeichnet. So redet man in gewissen Kreisen.

Ranitzke: Dann sollen sie in gewissen Kreisen so reden, deswegen braucht man es noch lange nicht zu drucken. Außerdem, erzählen Sie mir nichts, so redet man nicht, auch nicht in gewissen Kreisen.

Karasek: Woher wissen Sie das? Verkehren Sie in diesen Kreisen?

Ranitzke: Fangen Sie jetzt auch noch an? Karasek, Sie fallen mir in den Rücken!

Karasek: Nur weil ich weiß, daß Sie das schadlos überstehen werden.

Ranitzke: Vielen Dank.

Karasek: Bitte sehr.

Ranitzke: Nein, es bleibt dabei: das Buch ist schlecht. Doch jetzt werde ich Ihnen verraten, warum es trotzdem ein Bestseller geworden ist. Die Heidenreich trifft haarscharf einen Ton, den das Publikum heute hören will: ein bißchen links, ein bißchen zynisch, ein bißchen Frau. Das ist genau die Mischung, die heute ankommt. Und am wichtigsten ist dabei die Komponente *bißchen Frau*. Nicht daß wir uns mißverstehen, Frau Löffler, ich habe nichts gegen Frauen, ich habe auch nichts gegen schreibende Frauen, ich habe nicht einmal etwas gegen Frauen, die das, was sie schreiben, veröffentlichen.

Karasek: Ulla Hahn.

Ranitzke: Sie ist nur ein Beispiel unter vielen. Ich habe aber sehr wohl etwas gegen eine Überschätzung der schreibenden Frauen. Ein Roman ist nicht allein deshalb schon ein gelungener Roman, nur weil die Natur den Autor mit einer Vagina ausgestattet hat. Hätte Christine Brückner zum Beispiel einen Penis, ihre »Jauche nebst Levkojen« wäre von der Kritik gewiß nicht besser besprochen worden als seinerzeit die Memoiren des ehemaligen deutschen Nationaltorhüters Sepp Maier, und alle ihre weiteren literarischen Ergüsse wären uns vermutlich erspart geblieben. »Ach hättest du doch bloß geschwiegen, Desdemona«, »Stunde der Schnepfe», »Nirgendwo ist Pumuckel« und wie sie alle heißen. Wer weiß, mit welchem Schund die Heidenreich jetzt künftig über uns herfällt? Umgekehrt hätte uns Sepp Maier vielleicht immerhin noch den einen oder anderen interessanten Buchtitel liefern können, der seiner Memoiren ließ zumindest hoffen. Er lautete: »Ich bin kein Tor«.

Löffler: Eigentor, Herr Ranitzke, wenn Sie jetzt schon mit Sepp Maier kommen. Eigentor! Da Sie offenbar nicht verstehen *wollen*, erkläre ich es Ihnen noch einmal. Der Unterschied zwischen Elke Heidenreich und Sepp Maier ...

Ranitzke: Nein, nein, nein! Ich will nichts hören. Ich will nicht mehr reden über Maier, Brückner oder Heidenreich, ich will endlich wieder reden über Literatur. Nächstes Buch: Ulla Hahn, »Liebesgedichte«.

DIE VERLAGSERÖFFNUNG

Die Anlässe sind zahlreich und äußerst mannigfaltig, zu denen Ralph Ranitzke seine Reden hält. Um so mehr läßt es aufhorchen, daß er nur selten bei Festakten und Empfängen auftaucht aus Anlaß der Eröffnung neuer Verlage, ist dies doch genau das Parkett, auf dem wir ihn am ehesten vermuten. Eine rühmliche Ausnahme bildete eine kleine Feier, bei der er die nachstehende Rede hielt, nicht ohne uns eine Erklärung abzugeben für seine sonstige Verlagseröffnungsabstinenz.

Meine Damen und Herren,

es vergeht kaum ein Tag, an dem nicht irgendein junger Mensch an mich herantritt mit der Mitteilung, er gedenke, einen Verlag zu gründen. Der eine greift zum Telephon, der andere zum Briefbogen, nicht selten aber werde ich sogar auf offener Straße angesprochen mit den Worten: »Herr Ranitzke, ich werde einen Verlag eröffnen«, und hinter dem »werde« steckt ein derartig eiserner Wille, daß es mir angst und bange wird. Doch gemeint sind diese Worte durchaus nicht als Drohung, sondern im Gegenteil als Verheißung, so als wolle der Sprecher mir zu verstehen geben: »Herr Ranitzke, ab dem 15ten Oktober«, nehmen wir an, dies ist das Datum seiner Verlagseröffnung – »ab dem 15ten Oktober können Sie die Menschheit als errettet betrachten.« Zwar wird überall tüchtig weiter geschossen, gemordet, gehungert und gestorben, doch, so glaubt zumindest der hoffnungsfrohe Jungverleger, es wird endlich einmal anständige Bücher geben. Oft ist es zunächst nur ein einziges Buch, das bei diesen meist dreitagebärtigen Kleinverlegern erscheint, aber dieses Werk ist offensichtlich ausgerechnet dasjenige, auf welches die Menschheit schon von jeher sehnsüchtig gewartet hat. Seine Wirkungsgeschichte wird die der »Bibel«, des »Kapitals«, von »Werthers Leiden« und »Also sprach Zarathustra« zusammen, selbstverständlich, noch bei weitem übertreffen.

Nachdem mir nun ersteinmal Gelegenheit gegeben worden ist, diese überaus frohe Botschaft zu verdauen, folgt mit geradezu unerbittlicher Gesetzmäßigkeit die Formulierung: »Herr Ranitzke, wollen Sie nicht vor einigen ausgewählten Freunden ein paar Worte dazu sagen?« Dieses syntaktische Gebilde kommt nur in den seltensten Fällen bei mir an als das, was es grammatikalisch eigentlich darstellt: als Frage oder als Bitte, als Gesuch. Nein, die Art und Weise, wie diese Worte an mich gerichtet werden, erlaubt nur zwei andere Möglichkeiten der Interpretation: einen Befehl – »Ranitzke, 15ter Oktober, 19 Uhr, antreten zur Verlagseröffnung!« – oder ein huldvolles Entgegenkommen – »Ranitzke, Sie dürfen am 15ten Oktober meinen Verlag eröffnen.« So sehr ich selbstbewußte Menschen zu schätzen weiß, leider gerät den meisten der kühne Gestus nur allzuoft zur dummdreisten Gebärde, zumal wenn sie jünger sind als 55. Sie können sich also vorstellen, daß all diese siegesgewissen Verlagsgründer bei ihrer kleinen Eröffnungsfeier auf meine Anwesenheit verzichten müssen.

Daß ich hier und heute zu Ihnen spreche, haben Sie lediglich der Tatsache zu verdanken, daß nicht der Verleger an mich, sondern ich an den Verleger herangetreten bin, denn eines seiner Bücher fiel mir auf. Dies ist um so bemerkenswerter, als daß der Text einer Gattung angehört, um die ich bisher immer einen möglichst großen Bogen gemacht habe. Es handelt sich um ein Kinderbuch. Wäre ich jemals Kind gewesen, ich hätte niemals ein Buch in die Hand genommen, denn das, was man Kindern zum Lesen anbietet, muß diesen das demütigende Gefühl vermitteln, sie seien ausnahmslos geistig behindert. Doch, Gott sei Dank, kam ich gleich als Erwachsener auf die Welt, und prompt das erste Buch, das ich, übrigens noch vor der Einschulung, gelesen habe, war ein absoluter Volltreffer: »Der Stechlin« von Theodor Fontane. Während meine Altersgenossen sich von Pünktchen, Anton, Emil und den Detektiven, Struwelpeter und Pinocchio für dumm verkaufen ließen, gab ich mich der Verzauberung hin durch Madame Bovary, Effi Briest, Tonio Kröger und Joseph mitsamt seinen Brüdern. Im Grunde bin ich also denkbar ungeeignet für die Beurteilung von Kinderliteratur. Dennoch möchte ich ein paar Worte verlieren zu der ersten Publikation eines jungen Verlages, deretwegen mir die Teilnahme an diesem Festakt alles andere als lästige Pflicht ist. Ich möchte einiges sagen zu Ulrich Wallers »Vera, Nikolaus und das Feuer«.[1]

Gewiß, der Drachen als liebenswerter Held ist nicht neu für Kinder ab sechs Jahren. »Urmel aus dem Eis« sei hier nur erwähnt und, wenn auch nur als Randfigur, der Halbdrachen

---

1 Ulrich Waller: »Vera, Nikolaus und das Feuer. Eine Drachengeschichte«. Mit Bildern von André Aurich. Tübingen 1993.

Nepomuk in Michael Endes »Jim Knopf und die Wilde 13«. Auch den Briefträger, der ein geheimnisvolles Paket abliefert und konfrontiert wird mit der im Chaos des Haushaltsalltages versinkenden alleinstehenden Mitvierzigerin, kennen wir schon aus Christine Nöstlingers Roman »Konrad oder das Kind aus der Konservenbüchse«. Doch schon die Art, wie Waller hier im Gegensatz zu Nöstlinger das Chaos nur mit ein paar Federstrichen zu skizzieren vermag, offenbart seine ungeheure Begabung. Bei Nöstlinger bekommt der Morgenmantel der Frau Bartolotti braune Kaffeeflecken, Brotbrösel fallen in den Halsausschnitt, honigverklebte Finger werden abgeschleckt, in der Badewanne schwimmen Goldfische, die Falttüre der Duschkabine klemmt, die Wimperntusche geht aufs Ende, und auf den Kacheln des Badezimmers steht mit Lippenstift geschrieben: Klopapier kaufen! Waller benötigt für die Beschreibung des gleichen Zustandes lediglich ein einziges Requisit: eine Brille, die nicht gefunden wird.

Die Fähigkeit, wegzulassen und zu verdichten, das ist also die *eine* große Qualität des Autors. Die *andere* besteht zweifellos in seiner hinreißenden, sehr sinnlichen, aber unaufdringlichen Metaphorik. Keine Frage: Das Feuerspucken steht hier für die Menstruation. Die junge Drächin Vera – auch originell: der Drachen ist weiblich – erschrickt darüber, daß zum erstenmal etwas Rotes ihren Körper verläßt, und immer wieder wird sie mit diesem Roten konfrontiert in einem unbestimmten Zyklus. Das veranschaulicht den schmalen Grat, welchen der Autor mit schlafwandlerischer Sicherheit zu betreten vermag. Ein regelmäßiger Zyklus wäre plumpeste Zaunpfahlmetaphorik, ein unbestimmter hingegen stellt zwischen Autor und Leser ein augenzwinkerndes

Einvernehmen her. Hier schlägt Unbestimmtheit in Qualität um, während sie bei Handke, Jünger, Strauß und Wolf lediglich zur Kaschierung eigenen Unvermögens gereicht.

Doch bevor wir das Gespann Waller/Aurich – durch die fabelhaften Aquarelle André Aurichs wird das Buch zu einem wahrhaften Gesamtkunstwerk! – bevor wir beide zu den Dioskuren der neuen deutschen Belletristik erheben, warten wir lieber noch ihre nächste Veröffentlichung ab. Allzuoft schon wurden wir bitter enttäuscht. Dennoch: Der Tag wird kommen, da erscheint der Autor, der an den großen deutschen Roman des 19ten Jahrhunderts anknüpft. Wenn es einem Walser nicht gelang, warum dann nicht einem Waller?

Wie auch immer, bei einem Verlag, der solche Talente zu entdecken vermag, wäre ich selber gern Autor. Viel Erfolg dem Verleger, und dem Publikum unbedingt noch weitere derart gute Bücher!

DAHEIM STERBEN DIE LEUT'

»Nenne mir, Muse, das Medium, zu dem Ralph Ranitzke nicht meinte, sich lautstark äußern zu müssen!« so spottete Walther Bentz noch kurz vor Erscheinen dieses Buches nicht ohne Bitterkeit. Der Muse dürfte es schwer fallen, das Medium zu nennen, denn nach der Eröffnung von Rollschuhbahnen, Fitness-Centern und Selbsthilfe-Netzwerken hat Ranitzke seine Aufmerksamkeit nun auch noch der letzten von ihm bisher unbeachteten Institution zugewandt: dem Kino. Das erste Objekt seiner kritischen Begierde war erstaunlicherweise der schon 1985 produzierte schwäbische Heimatfilm »Daheim sterben die Leut'«. Seine Besprechung erschien im Frühjahr 1993 in der ›FAZ‹.

Die unerträgliche Schwerfälligkeit des Films

Karl Kraus schrieb zu Beginn unseres Jahrhunderts: »Neulich war ich im Theater. Es begann um 20.00 Uhr. Als ich nach zwei Stunden auf die Uhr schaute, war es 20.30 Uhr.« Das was Karl Kraus damals im Theater erlebte beziehungsweise nicht erlebte, stieß mir kürzlich beim Besuch einer Veranstaltung zu, die zu Karl Kraus' Zeiten schon allein aufgrund ihrer Rarität ein Ereignis gewesen wäre: eine Filmvorführung. Ein Ereignis war es in der Tat auch für mich, allerdings ein ausgesprochen ärgerliches.

Der Film, den ich anzuschauen das Mißvergnügen hatte,

nennt sich »Daheim sterben die Leut'« und ist offensichtlich in einer Zeit entstanden, in der auch die sogenannten fortschrittlichen Menschen erkannt haben, daß die Alpen nicht allein für die alten Nazis glühen. So haben wir in diesem Streifen immer wieder das Panorama der Bergspitzen zwischen Säntis und Nebelhorn zu bestaunen, bis auch der ungehobeltste Kinobesucher schließlich zerknirscht eingestehen muß: »Ja, ich gebe es zu, die Berge sind schön, aber wären Sie jetzt bitte so freundlich, die Handlung voranzutreiben?« Leider sind es nicht die stummen Berge, die dies dann, wenn auch mühsam, besorgen, sondern mit einer sprachähnlichen Geräuscherzeugung sich zu verständigen suchende Zweibeiner. Die Berge geben in diesem Film nur die Kulisse ab im Hintergrund, was sich im Vordergrund ereignet, ist weniger schön. Gezeigt wird nämlich das Leben der Bauern im Westallgäu aus der Sicht der ›Westallgäuer Filmproduktions GmbH‹.

Wir alle wissen, Landwirtschaft und Literatur sind unvereinbar. Selbst ein Tschechow und ein Turgenjew mußten scheitern beim Versuch, das Leben der Landwirte spannend und fesselnd zu schildern. Vollständig baden gingen damit Rosegger, Ganghofer und Hermann Löns, allenfalls Johann Peter Hebel hat es im Ansatz geschafft und, natürlich, Berthold Auerbach (»Welch traurige Wendung nehmen die Dinge im Schwarzwald!«). Seit der vom Kuratorium Junger Deutscher Film geförderte Zelluloidstreifen »Daheim sterben die Leut'« durch die Projektoren unserer Lichtspieltheater rasselte, wissen wir nun also, daß das Agrarwesen auch in der Filmkunst nichts verloren hat, denn was hier gezeigt wird, ist nicht nur unerheblich, sondern in höchstem Maße geschmacklos.

So müssen wir in regelmäßigen Abständen eine sogenannte *Stöpselkontrolle* über uns ergehen lassen, offensichtlich ein Allgäuer Volksbrauch, bei dem sich dauernd irgendwelche meist angetrunkenen oberschwäbischen Bauernlümmel das Wort *Stöpselkontrolle* zurufen, um dann wie die Pawlowschen Hunde ihre Stöpsel in Form von Flaschenkorken herauszuholen, vermutlich eine verklemmt-sexuelle Anspielung. Dies geschieht auch in den dafür ungeeignetsten Situationen, zum Beispiel beim Absingen der Nationalhymne, selbstverständlich der *ersten Strophe*, denn wir sind auf dem Land und dort kann ja niemand bis drei zählen, so wollen die Jungfilmer uns wohl weismachen.

Standing ovation for a running gag war offenbar das Motto der augenscheinlich unerfahrenen Filmemacher, denn der ganze Film lebt nur von Wiederholungen, oder besser: stirbt an ihnen. Das ständige Wiederkäuen der Wortverbindung »Daheim sterben die Leut'« macht den Filmtitel gewiß nicht sinnfälliger. Im Gegenteil: Je öfter wir sie hören, desto bewußter wird uns der Schwachsinn der Phrase durch den Schwachsinn derer, die sie benutzen: ein in eine Kloschüssel sich erbrechender, volltrunkener Halbwüchsiger, ein seniler Großvater und dessen debile Enkelin.

Ein Beispiel für die gnadenlose Dialogführung des Films: Der Held, ein dickschädeliger Landwirt im Nebenerwerb, der sich weigert, eine moderne Wasserleitung auf sein Grundstück legen zu lassen, stößt an seinem Arbeitsplatz auf einen sichtlich ebenso gehirnamputierten Kollegen. Folgender Wortwechsel zieht sich vor uns in die Länge:

Allgeier: Grüß di, Lois!
Lois: Grüß' di!

– Pause –

Allgeier: Was hascht du denn heut' Komisches?
Lois: Gar nix.
Allgeier: Doch, du hascht was.
Lois: No, no.
Allgeier: Paßt dir was itte?
Lois: Doch, doch.
Allgeier: Doch, dir paßt was it.
Lois: Laß mir doch mei Ruhe!
Allgeier: Ja, Kreuz Kruzifix noch a mal, da leckst mir auch am Arsch!

Der Gipfel an Stumpfsinn ist erreicht, wenn sich eine volkstümliche Blaskapelle zum gemeinsamen Musizieren versammelt. Als erstes natürlich: Stöpselkontrolle. Und dann, während der Dialog sich gut Allgäuerisch schwerfällig dahinschleppt, wird uns immer wieder genüßlich vorgeführt, wie aus Trompeten, Hörnern und Posaunen der trübe, bäurische Speichel abgelassen wird – in Großaufnahme, versteht sich. Wer bis zu diesem Zeitpunkt noch nicht von Übelkeit befallen ist, der hat spätestens jetzt Gelegenheit, sich ganz dem Brechreiz hinzugeben. An Abscheulichkeit übertroffen werden diese Aufnahmen nur noch von der Szene, die einen zwingt, der Familie Allgeier beim Mittagessen zuzuschauen.

Auch eine völlig belanglose Liebesgeschichte zwischen einem Allgäuer Bauerntölpel, dem tumben Sohn des sturen Allgeier Hans, und einer farblosen Sommerfrischlerin aus Göttingen vermag der Handlung keinen rechten Schwung zu geben. Die beiden lernen sich kennen in einer Diskothek – wie originell! –, auf dem anschließenden Heimweg ist es er, der den Beischlaf in der ersten Nacht noch nicht wünscht – absolut unglaubwürdig! –, und schließlich – die Krönung an Einfallsreichtum! – landen sie doch noch im Bett.

Was wird uns sonst noch an cineastischen Leckerbissen geboten? Der Schwenk durch den Kuhstall, der Misthaufen mit Weichzeichner, die Treckerfahrt im Zeitraffer, diverse Traumsequenzen. Im weiteren das dramatische Geschehen: der Gebirgsbach rauscht, das Wasser tropft, ein Bauer stapft über die Wiese, ein Hahn kräht, eine Frau hackt Holz, Allgeier junior säugt ein Kälbchen, Fingernägelschneiden. Doch der endgültige Höhepunkt der Spannung wird erst erreicht auf dem Hühnerhof: Schwenk auf ein einzelnes Huhn, die Enkelin läuft in die Kamera, verfolgt das Huhn. Darunter liegt ununterbrochen die lockende Stimme des Großvaters *Dededidi Dededidi* er kommt ins Bild, das Huhn stößt zum Haufen, der stiebt auseinander, teilt sich in zwei Gruppen, der Großvater *Dededidi Dededidi*, er greift in eine Schüssel. Der Saal hält den Atem an. Was ist in der Schüssel? *Dededidi Dededidi.* Sind es Erbsen? Sind es Bohnen? Ist es Reis? *Dededidi Dededidi.* Nein, nicht zu glauben! Es ist Hühnerfutter. Ein Stöhnen geht durch den Saal. Nicht zu fassen! Es ist tatsächlich Hühnerfutter. *Dededidi Dededidi.* Der Großvater hält es in der Hand. Was wird er tun? Womit niemand rechnet: Er streut es zwischen die Hühner, *Gagagaga Gagagaga Dededidi Dededidi.* Der Hühnerhof in der Totale. *Dededidi Dededidi.* Schnitt.

Damit wäre über diesen Film im Grunde alles gesagt, wenn da nicht noch dieser wunderheilende Quacksalber herumgeisterte, gänzlich unverständliches Allgäuer Kauderwelsch in seinen nicht vorhandenen Bart murmelnd. Zu guter Letzt wurden noch zwei Schauspieler dahingehend instruiert, in der Rolle des Landrats der eine, als Bürgermeister sein Kollege, den wandelnden Beweis anzutreten dafür, daß auch eine noch so gute Landluft das Böse im Menschen nicht vollständig niederzuhalten vermag, während der Teufel, der unter kompromißlosem Einsatz der Nebelmaschine mehrere Auftritte hat, eigentlich ein ganz netter Kerl ist.

So endet der Film dann auch gar nicht einmal so tragisch, wie die Hersteller es sich vielleicht wünschten: Die Wasserleitung wird schließlich doch noch gelegt, und der rettungslos verbohrte Allgeier Hans wird der Obhut einer Nervenklinik in Kaufbeuren anvertraut, der er sich jedoch wieder zu entziehen weiß, denn »Daheim sterben die Leut'«.

Dann laßt sie auch in Ruhe daheim sterben, die Leut', und laßt sie vor allem in Ruhe leben. Niemand hat etwas davon, wenn stadtgeschädigte Neurotiker über ganze Dörfer herfallen mit riesigen Scheinwerfern und durchgeknalltem Filmteam und wenn sie völlig verstörte oberschwäbische Landleute vor ihre protzigen Kameras zerren wie Heimatfilmer Edgar Reitz »seine« armen Eifel-Bauern. Schon einmal suchte eine an ihrer Überflüssigkeit verzweifelnde, urbane Bürgerjugend eine Landbevölkerung heim, um sie vor ihren intellektuellen Karren zu spannen: In den siebziger Jahren des vergangenen Jahrhunderts machten sich im zaristischen Rußland die sogenannten Volksfreunde über ihre Bauern her, um ihnen Gutes zu tun. Damals wurden sie von den wackeren Muschiks Gott sei Dank wieder in ihre Städte zurückgejagt. Dabei gab es auch Tote. Daß die Allgäuer Bauern nicht genauso reagierten, spricht für ihre Großmut, einen Gefallen haben sie damit aber weder sich noch den Kinobesuchern getan.

Ich habe inzwischen allerdings erfahren, daß dieser Film in der zweiten Hälfte der Achtziger Jahre wohl so etwas wie ein Kultfilm gewesen sein muß. Dies ist denn eine Bestätigung meiner alten These: Wo der Kult einsetzt, da setzt der Verstand aus.

PROBLEME EINER STADT

Nach einer Vorlesung im Rahmen des ›Studium generale‹ gelang es im Mai 1992 einem Kulturredakteur des ›Schwäbischen Tagblattes‹ Ralph Ranitzke für ein kurzes Interview zu gewinnen, in dem dieser zum ersten und letzten Mal näher auf die Probleme der Wahlheimat Walther Bentz' einging.

Schw. T.: Herr Ranitzke, schön daß Sie sich kurz die Zeit genommen haben, mir einige Fragen zu beantworten.

Ranitzke.: Das wird sich erst noch zeigen.

Schw. T.: Daß Sie mir einige Fragen beantworten oder daß das dann schön ist?

Ranitzke: Wissen Sie was, junger Mann? Sie müssen mir nicht beweisen, daß Sie Humor haben. Ich glaube es Ihnen auch so.

Schw. T.: O. k. Herr Ranitzke, wie oft haben Sie in Tübingen schon Vorlesungen gehalten?

Ranitzke: Zu oft.

Schw. T.: Warum?

Ranitzke: Das weiß ich selber nicht. Ich halte hier Vorlesungen wider besseres Wissen.

Schw. T.: Nein, ich meine, warum meinen Sie, daß Sie zu oft hier gelesen haben?

Ranitzke: Ich sagte doch gerade, ich weiß es nicht. Irgend etwas treibt mich immer wieder in diese Stadt. Wenn ich dann hier bin, frage ich mich jedesmal, was willst du hier überhaupt?

Schw. T.: Liegt es an den Studenten?

Ranitzke: Nein, die sind sehr nett, und übrigens auch die Studentinnen. Sie hören meist alle aufmerksam zu, sie lachen an den richtigen Stellen und lassen es bleiben an den falschen. An ihnen kann es nicht liegen. Ich glaube, es liegt an der Stadt selbst.

Schw. T.: Was stört Sie an ihr?

Ranitzke: Wenn ich es weiß, sage ich Ihnen Bescheid. Stört Sie denn nichts an dieser Stadt?

Schw. T.: Doch sicher.

Ranitzke: Was?

Schw. T.: Nun, es gibt immer noch zu wenig Fahrradwege.

Ranitzke: Das ist es nicht, was mich stört.

Schw. T.: Sie fragten ja auch, was *mich* stört.

Ranitzke: Weiter!

Schw. T.: Die Politiker sind korrupt.

Ranitzke: Das sind sie überall.

Schw. T.: Deswegen stört es mich nicht weniger.

Ranitzke: Mich stört es nicht.

Schw. T.: Ihnen ist egal, ob die Politiker korrupt sind oder nicht?

Ranitzke: Wie kommen Sie dazu, so etwas zu behaupten? Ich habe nur gesagt, die Tatsache, daß die Politiker korrupt sind, ist nicht der Grund für meine Aversion gegen Tübingen. Weiter! Was stört Sie noch?

Schw. T.: Es wird zu wenig beziehungsweise an den falschen Stellen für die Kultur getan.

Ranitzke: Ihr Satzbau ist jämmerlich. Vielleicht sollten Sie selbst erst einmal etwas für die Kultur tun?

Schw. T.: Vielen Dank.

Ranitzke: Keine Ursache.

Schw. T.: Ansonsten ist Tübingen eine sehr schöne Stadt.

Ranitzke: Das ist es.

Schw. T.: Was?

Ranitzke: Was mich an dieser Stadt abstößt. Sie ist einfach zu schön. Angesichts dieser unsäglichen Idylle hier bei Ihnen frage ich mich immer wieder: kann es in diesem intellektuellen Krähwinkel überhaupt Probleme geben? Sicher, als ich heute Nachmittag durch die Gassen Ihrer Stadt ging – leider bin ich schon heute Mittag angereist – da fiel mir etwas auf, von dem ich dachte, es könnte für Sie eventuell mal zu einem Problem werden:
Jeder zweite Mann, dem ich begegnete, schob einen Kinderwagen, jede dritte Frau war schwanger und jede weitere sah so aus, als könnte sie es jeden Moment sein. Da dachte ich, Sie könnten hier eventuell einmal ein Problem bekommen mit der Bevölkerungsexplosion.

Schw. T.: Kein Problem. Wir sind sehr kinderfreundlich.

Ranitzke:	Das glaube ich Ihnen. Ich allerdings halte es da mehr mit Altmeister Goethe, der einmal gesagt haben soll: »Wer Kinder und Hunde haßt, kann kein ganz schlechter Mensch sein.«
Schw. T.:	War das nicht W. C. Fields?
Ranitzke:	Nein, Schopenhauer. Nun, wer auch immer, er hat recht. Auch eine andere furchtbare Zeiterscheinung stellt für Sie hier vermutlich noch kein so großes Problem dar wie anderswo: diese unsäglich heimtückische Krankheit Aids. Nun ja, ich bin der letzte, der Ihnen das zum Vorwurf machen könnte, habe ich doch selber keine Probleme damit. Als ich zum letzten Mal Geschlechtsverkehr hatte, da gab es diesen Virus noch gar nicht, und bis zum nächsten Mal gibt es gewiß schon einen Impfstoff.
Schw. T.:	Habe ich Sie richtig verstanden? Sie werfen dieser Stadt vor, daß sie keine Probleme hat?
Ranitzke:	Ihre Stadt hat ja ein Problem. Sogar ein sehr großes.
Schw. T.:	Also doch. Welches?
Ranitzke:	Ich werde ihre Frage beantworten mit Hilfe eines kleinen Rätsels. Ich werde mich jetzt einmal betätigen als Sphinx. Was ist das? Vater fährt 40 in Zone 30, Mutter gibt dem Kellner 20 Pfennig Trinkgeld, Mike kommt erst gegen 22.15 Uhr aus dem ›Cinderella‹, Stephan hört bei Zimmerlautstärke und geschlossenen Fenstern die sechsundzwanzigste

Langspielplatte der Rolling Stones, Oma geht bei Rot über die Ampel und Großvater liest den überregionalen Teil Ihrer ›Schwabenpost‹. Bitte sehr, was ist das?

Schw. T.: Bestimmt irgendeine Böswilligkeit von Ihnen.

Ranitzke: Die Wirklichkeit ist nun leider manchmal böse, auch ohne daß ich es will. Also?

Schw. T.: Ich weiß es nicht.

Ranitzke: Ich werde es Ihnen sagen: Der Tübinger läßt die Sau raus.

Schw. T.: Oh, je!

Ranitzke: Diese letzte Steigerung gebrochener Tabus ist die Tübinger Version eines Infernos der Sinnlichkeit. Ich habe Ihre Frage damit natürlich nur sehr indirekt beantwortet. Ich will jetzt einmal sehr direkt werden: Das Hauptproblem Ihrer Stadt ist die Langeweile.

Schw. T.: Immerhin hatten wir hier mal einen Hölderlin, einen Hegel, einen Schelling, einen Bloch ...

Ranitzke: Die alle sind längst tot und begraben.

Schw. T.: Aber Hans King und Walther Bentz leben noch.

Ranitzke: Lassen wir das.

Schw. T.: Wieso?

Ranitzke: Werden Sie alles, was ich sage, veröffentlichen?

Schw. T.: Haben Sie etwas dagegen?

Ranitzke: Schreiben Sie, was Sie wollen, aber schreiben Sie nichts, was ich angeblich gesagt habe über Bentz.

Schw. T.:	Sie haben doch gar nichts gesagt.
Ranitzke:	Eben.
Schw. T.:	Herr Ranitzke, ich danke Ihnen für dieses Gespräch.

FUSSBALL UND INTELLEKT

Während der Fußballweltmeisterschaft 1990 in Italien erschien im Feuilleton der ›FAZ‹ ein Essay, der tiefgreifende und durchaus bedauerliche Folgen haben sollte: Ein Prozeß unaufhaltsamer und nachhaltiger Entfremdung setzte ein zwischen Walther Bentz und Ralph Ranitzke, dem Autor des besagten Essays. Unter den Augen der gesamten Republik begann der Bruch einer jahrelangen Freundschaft, ein schmerzlicher Akt, den der Verfasser der folgenden Zeilen sicherlich hätte vorausahnen können, wäre er nicht einmal mehr Opfer geworden seines eigenen Temperaments:

Die Intellektuellen und der Fußball

Es ist ein in aller Welt verbreitetes Phänomen, daß Intellektuelle mindestens *eine* persönliche Leidenschaft kultivieren, die von geistiger Betätigung so weit entfernt ist wie das Sauerland von der Copacabana. Sie tun dies gewöhnlich als Ausgleich zu allseits harter geistiger Arbeit, um zu entspannen also, denn angeblich soll es ja der mentalen Befindlichkeit dienen, um ein Modewort zu benutzen, wenn in der Freizeit etwas vom Arbeitsalltag völlig Abweichendes getrieben wird. So verhält es sich, wie gesagt, in aller Welt, nicht so jedoch bei den Intellektuellen in Deutschland. Ihr Motiv, sich mit Herz und Seele und ohne Hirn gerade der Fußballbegeisterung hinzugeben, ist offensichtlich ein ganz anderes, denn sie wirken in ihrer Beschäftigung mit diesem Volkssport noch angestrengter als bei der Arbeit, bei ihren akademischen Scharmützeln um ihr eigenes Selbstverständnis beispielsweise oder ihre Rolle in Staat, Gesellschaft und Verein.

Der Fußball galt lange Zeit als *der* proletarische Massensport, der anders als Sportarten wie Tennis, Reiten oder Golf es auch dem einfachen Arbeiter ermöglicht, durch fleißiges Training einiges an Aufsehen zu erregen, aus dem Schatten seiner unscheinbaren mausgrauen Durchschnittlichkeit herauszutreten. Viele verbeamtete Geistesarbeiter hierzulande glauben nun, durch ein übermäßiges Interesse an Fußball, ihre Solidarität mit dem Kleinen Mann zum Ausdruck bringen zu können, ohne jemals auch nur einen Schritt auf eine Baustelle oder in eine Fabrik setzen zu müssen.

Zu dieser Spezies zählt leider auch mein alter Freund Walther Bentz, ja, vielleicht ist er sogar so etwas wie der Prototyp eines fußballbegeisterten Intellektuellen, der in vielen jüngeren Vertretern der geistigen Avantgarde enthusiastische Nachahmer gefunden hat. Die Tragik bei Bentz liegt zudem noch darin, daß er meint, zu dieser geisttötenden Sportart ausgerechnet etwas besonders Geistreiches äußern zu müssen. Schon schien es so, er habe sich Besserung geschworen, denn lange Zeit hüllte er sich zu diesem Thema in Schweigen. Doch die Fußballweltmeisterschaft in Italien machte diese Hoffnungen unwiederbringlich zunichte. Sein Schweigen war nur die Ruhe vor dem Sturm. In einem Interview mit dem ›Süddeutschen Rundfunk‹ meldete er sich wieder zu Wort und übertraf alles an Peinlichkeit, was er bislang zum leidigen Thema *Fußball* zu sagen hatte.

Meine Freundschaft mit Bentz ist trotz aller Meinungsverschiedenheiten lang und unerschütterlich. Sie wird auch

ußball: ein Spiel, das den vielen
ein Scheinglück verspricht während
es den wenigen ihr Realglück a
ichern hilft, weil es die Sehnsucht
der vielen von der Wirklichk
ort auf Stars und Mannschaften
enkt, mit denen sie sich ide
tifizieren können. Welch ein
Triumph für den, der tägl
am Fließband besiegt wir
einen Kaiser Franz krön
helfen; welch ein
STAR

Walther Bentz.
Begeisterung für die von Leder überzogene Ochsenblase.

das, was ich jetzt zu sagen habe, schadlos überstehen. Wenn jemand Bentz davon abhalten kann, noch tiefer unter sein Niveau abzutauchen, dann neben seiner Gattin, die den größten Einfluß auf ihn hat, doch wohl nur noch *meine* unsportliche Wenigkeit.

Worum geht es? In besagtem Interview behauptet Bentz anläßlich des bevorstehenden Spiels Deutschland gegen die Niederlande, es stehe den Deutschen gut an, zu verlieren. Erheblich mehr als ein Sieg würde ihr Ansehen in der Welt vergrößern eine Niederlage, angesichts derer sie Gelegenheit bekämen, Gelassenheit zu demonstrieren und damit zu beweisen, daß sie längst nicht so verbissen sind, wie ihnen immer nachgesagt wird. Ich gestehe, das klingt im ersten Moment sehr einleuchtend, erweist sich aber im zweiten als unglaublich weltfremd.

Man stelle sich nur einmal vor: Walther Bentz geht nach einer Niederlage Deutschlands auf eine Baustelle in La Paz, in Bangkok an eine Tankstelle, in Lyon in einen Supermarkt, und sagt dort: »Guten Tag, mein Name ist Walther Bentz. Ich komme aus Deutschland. Wir haben gestern gegen die Niederlande verloren, aber mir macht das überhaupt nichts aus und vielen meiner Landsleute geht es ebenso.« Meint denn Bentz nun wirklich, all die Menschen, die ihm dort begegnen – der bolivianische Bauarbeiter, der thailändische Tankwart und die französische Verkäuferin –, die werden daraufhin bewundernd zu ihm aufschauen, nicht weil er der Walther Bentz ist (so viel Augenmaß besitzt er schon noch, daß er weiß, damit kann er dort gewiß keinen Blumentopf gewinnen)? Nein, aber meint er, sie werden zu ihm aufblikken, weil er Angehöriger einer Nation ist, die gelassen auf eine Niederlage zu reagieren vermag?

Es tut mir leid, mitteilen zu müssen, all diese Leute werden ganz anders reagieren als Walther Bentz, der gute Mensch von Tübingen, sich das in seinem unerschöpflichen Glauben an das Gute im Menschen erhofft. Noch ehe seine Worte verklungen sind, wird ihm dröhnendes Gelächter entgegenschlagen. »Ach, sieh mal an!« so wird man rufen. »Du bist also auch einer von diesen Waschlappen, die sich gestern von den Holländern so herrlich haben einseifen lassen! Armes Deutschland! Einst hattet ihr einen Helmut Rahn, einen Uwe Seeler, einen Sigi Held und einen Gerd Müller. Jetzt fliegt ihr schon raus im Achtelfinale! Hahahaha!«

Man mag davon halten, was man will, aber so hätte die Welt reagiert auf eine Niederlage Deutschlands gegen die Niederlande, ihr Interesse einmal vorausgesetzt. Bentz scheint zu glauben, da draußen in der Welt leben nur Philosophen, Pfarrer und Literaten, Menschen, die sich, wenn überhaupt, dann nur begeistern können für innere Werte und höhere Normen. Was aber nun einmal zählt in dieser Welt, das ist der äußere Erfolg, das Ergebnis, das sich beim Fußball in nichts anderem ausdrückt als in geschossenen Toren. Bentz mag das bedauern oder versuchen zu ignorieren. Ich nehme es zur Kenntnis und finde es sogar ganz sinnvoll, daß die Welt so eingerichtet ist, denn ein Wettstreit um innere Werte ist mir äußerst suspekt. Wer legt die Regeln fest in diesem Kampf, wer ist Schiedsrichter und wer bestimmt die Sieger?

Allen klugen Menschen, und Walther Bentz ist zweifellos ein solcher, kann ich nur raten: Verbannt den Fußball aus Euren Seminaren, laßt ihn dort, wo er hingehört, auf dem Rasen. Wenn die Menschen nun einmal das Bedürfnis haben, einem ledernen Ball hinterher zu rennen mit dem Ziel, ihn über eine willkürlich gezogene Linie zu befördern, dann laßt sie. Aber versucht nur nicht, dieses harmlose, gänzlich nutzlose, aber dadurch auch sympathisch zweckfreie Unterfangen zu einer moralischen Erziehungsanstalt aufzublasen. Niemand wird es Euch danken!

Zweiter Akt: Der Redner

KAFFEEWERBUNG UND LITERATUR

Die Freundschaft zwischen Ralph Ranitzke und Walther Bentz überstand die massiven Vorwürfe, die der Literaturpapst gegen den großen Rhetor aus Tübingen erhob, nicht so schadlos, wie das der Aggressor wohl angenommen hatte. Bentz konterte spät, aber heftig. Anläßlich der 25sten Folge der Ranitzkeschen ZDF-Erfolgsserie, Das ›Literarische Ballett‹, erschien in der ›Zeit‹ ein Interview mit Bentz, dessen Wortlaut wir hier in Auszügen, aber unentstellt wiedergeben:

Die Zeit: Herr Bentz, Ihre gegenwärtige Präsenz auf deutschen Bildschirmen ist nicht zu vergleichen mit der Sendezeit, die Sie zum Beispiel noch in den Siebziger Jahren erhielten. Hat das einen bestimmten Grund?

Bentz: Sicher. Alles hat einen bestimmten Grund, aber dennoch bleibt vieles unergründlich. Will sagen, uns Sterblichen bleibt vieles verborgen, was ein höherstehendes Wesen vielleicht aufzudecken vermöchte, ja, mit Sicherheit aufzudecken vermag. Nur ist es nicht imstande, uns sein Wissen zu vermitteln, denn wir verstehen seine Sprache nicht, uns fehlt der Schlüssel, um die Kammern zu öffnen, in denen sich uns, wie der jungen Frau König Blaubarts in jenem geheimnisvollen achten

Zimmer, womöglich nicht Gründe offenbarten, sondern Abgründe, die zu schauen uns besser erspart bliebe.

Die Zeit: Sie haben also kein Interesse, die Hintergründe zu erfahren, welche zu diesem offensichtlichen Popularitätsverlust geführt haben?

Bentz: Mir geht es nicht um Popularität. Ansonsten: Interesse – inter esse – dazwischensein – man steckt nicht drin.

Die Zeit: Sie weichen aus.

Bentz: Aus guten Gründen. Es gibt Fragen, bei denen der Versuch, sie zu beantworten, Sinn macht, und es gibt Fragen, bei denen der Versuch, ihnen auszuweichen, Sinn macht. Zur letzten Kategorie gehört die von Ihnen gestellte. Sehen Sie, es gibt so viele Motive, eine Frage zu stellen, denn der Frage geht meist eine Absicht voraus. Leider ist in den wenigsten Fällen die Absicht *die*, ein Informationsdefizit aufzuholen, den Informationsvorsprung dessen, an den die Frage gerichtet ist, sich zunutze machend, um das eigene Wissen zu erweitern und die so gewonnenen neuen Kenntnisse für weitere Fragestellungen zu verwenden, deren Beantwortung wiederum neue Fragen hervorrufen, denn allein durch Fragen, oder zumindest durch Fragen viel mehr als durch Antworten, gewinnt die Erkenntnis an Terrain, Erkenntnis, die ja kein Selbstzweck ist, oder besser: kein Selbstzweck sein sollte, denn oft *ist* sie es, vielfach muß sie es sein. Wie häufig erfahren wir den Zweck der Erkenntnis erst durch die als Folge der Kognition entfesselte Wirklichkeit. Als Eva vom Baum der Erkenntnis aß, verfolgte sie keinen bestimmten Zweck. Die Folgen waren ihr gleichgültig, ja, hätte sie die verheerenden Konsequenzen gekannt, vermutlich hätte sie ihren Appetit gezügelt. Wir sehen also, oft ist es gerade das Wissen um die Folgen der Erkenntnis, das uns in unserem schier unersättlichen Forscherdrang zu hemmen vermag, während Ahnungslosigkeit das Fundament abgibt für den zweckfreien Raum im Vorfeld der Erleuchtung. Doch nicht selten bringen es nicht einmal die schlimmsten Befürchtungen bezüglich der Auswirkungen unseres neu zu erwerbenden Wissens zu Wege, uns davon abzuhalten, wie einst Eva vom Baum der Erkenntnis zu naschen. Zu groß ist unsere Neugier, die wohl ambivalenteste aller menschlich, allzumenschlichen tugendhaften Untugenden, deren ...

Es folgen einige sehr spannende Bemerkungen über die Tugenden im Wandel der Zeit, die Relativität der Wertvorstellungen, die Genese eines allgemeinen Moralbegriffs und schließlich die pädagogische Verantwortung der Medien. Dies alles ist sehr lesenswert und wird daher in einem gesonderten Heftchen abgedruckt werden. Hier wollen wir uns auf die Passagen beschränken, die für die Kontroverse Ralph Ranitzke contra Walther Bentz, Bentz contra Ranitzke von besonderer Bedeutung sind.

Bentz: … Ruhe als Bürgerpflicht im Staate Preußen uns Heutigen mehr und mehr suspekt erscheint.

Die Zeit: Herr Bentz, erscheint es Ihnen denn nicht minder suspekt, daß ein Mann, dem Sie doch, wie wir alle wissen, trotz aller Gegensätze immer sehr verbunden waren – ja, man kann sagen: Sie waren zusammen mit ihm bislang das besonders für Deutschland so wertvolle *Modell Toleranz* par excellence – daß ein Mann wie Ralph Ranitzke also sich in der von Ihnen derart scharf kritisierten Medienwelt ganz offensichtlich pudelwohl fühlt? Muß Sie das nicht befremden?

Bentz: Fremd ist der Fremde nur in der Fremde. Die Welt eines Ralph Ranitzke ist nicht die meine, insofern bin ich in ihr fremd, vieles, was in ihr vorgeht, ist mir fremd, befremdet mich als jemanden, der immer an die Allgewalt des gesprochenen Wortes geglaubt hat, das direkt vom Sprecher, dem Rhetor also, an den Zuhörer gerichtet ist zum freien Austausch der Gedanken, bar jeder Beeinflussung und Manipulation von außen, unmoderiertes und unverfälschtes, geradezu nacktes gedankliches Urgestein, das – einem gewaltigen Lavastrom gleich – als Ausfluß geistiger Eruptionen sich in sein Umfeld ergießt, aber anders als jener nicht alles Lebendige für immer der Vernichtung anheimgebend und unter sich begrabend, sondern ganz im Gegenteil als den von ihm

Thomas Gottschalk.
Gummibärchenwerbung ohne Ralph Ranitzke.
Tiefe Kränkung.

berührten Boden befruchtender Lebensspender ...

Die Zeit: Aber gerade die Worte eines Ralph Ranitzke wirken doch wie gedankliches Urgestein, allerdings weniger in dem von Ihnen beschriebenen positiven Sinne, sondern im Sinne eines unbearbeiteten, sprich: unüberlegten Materials.

Bentz: Lassen Sie mich den Gedanken bitte zu Ende führen! ... Dieses gedankliche Urgestein also ist es, das mich interessiert. Davon finde ich jedoch nichts in all den Sendungen, an denen Ralph Ranitzke teilnimmt, und es sind sehr viele. Nicht nur sein ›Literarisches Ballett‹ hat inzwischen ein Niveau erreicht, das nicht mehr weit entfernt ist von dem einer Karnevalsveranstaltung oder der Werbung für Jakobs-Kaffee. Literatur als Konsumartikel, den es möglichst gewinnbringend zu verkaufen gilt! Mir wird speiübel, es überfällt mich Ekel, es packt mich heiliger Zorn und kaltes Grausen angesichts der Kriterien, die in jenem dubiosen Kreise, besonders aber von seinem Vorsitzenden, an Literatur angelegt werden. Um einer schäbigen Pointe willen werden dort die besten unter den zeitgenössischen Schriftstellern verkauft ...

Die Zeit: Aber sie werden immerhin verkauft. Der Umsatz der besprochenen Bücher legt nach der Ausstrahlung der Sendung jeweils erheblich zu.

Bentz: Cum licitus est finis, *non* licent media. In Umkehrung der vermeintlichen, höchst bedenklichen Jesuitenweisheit eines Paters Hermann Busenbaum: Wem der Zweck erlaubt ist, dem sind es die Mittel eben gerade *nicht*. Auf dem Weg zur Erreichung des Ziels, das in diesem Falle paradoxerweise im Grunde gerade nicht erreicht werden soll, denn die Bücher, die verkauft werden, sind ja von der Literarischen Inquisition à la Ralph Ranitzke am Vorabend gerade auf den Scheiterhaufen geworfen worden, auf dem Weg zu den hohen Verkaufszahlen guter Bücher also ist so großer Schaden angerichtet worden, daß er nicht einmal durch noch so massenhafte Lektüre dieser Literatur wettgemacht werden kann – immer vorausgesetzt die gekauften Bücher werden auch tatsächlich gelesen.

Die Zeit: Herr Bentz, sie nannten Ralph Ranitzke einmal eine geniale Mischung aus Naivität und Intelligenz oder, geradezu liebevoll, eine knorzige Gestalt, die uns Widerpart bietet. Sie waren mit Ranitzke sehr gut befreundet. Sind Sie es noch?

Bentz: Die Freundschaft ist ein kostbares Gut, das uns zwar einerseits geschenkt wird, das aber andererseits immer wieder neu von uns erkämpft werden muß und sorgfältiger Pflege und Wartung bedarf, der regelmäßigen Inspektion. Manchmal müssen Reparaturen durchgeführt werden, die Ersatzteile sind teuer, die Arbeitszeit noch um einiges mehr, viele Meisterstunden gehen ins Land um die Einsatzbereitschaft des empfindlichen Gefährtes zu gewährleisten – amicus certus in re incerta cernitur: Erst in der Stunde der Not zeigt es sich, ob der Motor hinreichend geschmiert ist, die Zündkerzen gereinigt, der Ölstand geprüft, das Kühlwasser nachgefüllt, die Bremsbeläge stark genug, die Reifen nicht abgefahren, der Verteiler ebenso intakt wie Simering und Kardan-Welle, Zylinderkopfdeckel und Getriebe, Benzinpumpe und ...

– Einige Zeit später –

Die Zeit: Herr Bentz, kommt Ihre Freundschaft mit Ralph Ranitzke durch den nächsten TÜV?

Bentz: Wer kann das wissen?

Die Zeit: Herr Bentz, wir danken Ihnen für dieses Gespräch.

DIE MATINEE-KONTROVERSE

Wie weit voneinander entfernt die Standpunkte Walther Bentz' und Ralph Ranitzkes schon immer lagen, zeigen die zwei folgenden kurzen Ansprachen, in denen sich beide mit dem selben Thema auseinanderzusetzen hatten: Sinn und Unsinn der Matinee. Leider ist aus der Differenz in zahlreichen Sachfragen inzwischen auch eine menschliche Entfremdung geworden, so daß gemeinsame Auftritte, wie der folgende zur Eröffnung einer Matinee-Veranstaltungsreihe in Marburg mit den Schwerpunkten Literatur und Ballett, heute leider nicht mehr denkbar sind. Zunächst die Ausführungen von Walther Bentz:

Meine Damen und Herren,

Ballett ist nicht Literatur, und Literatur ist nicht Ballett, doch Ballett ist Poesie, ist gleichsam die Lyrik des Körpers. Wir stellen uns vor, unser Weg führte uns auf eine einsame Insel, auf die mitzunehmen uns lediglich erlaubt ist nur ein einziges Wort für jeden Buchstaben des Alphabets. Bei »B« fiele uns die Wahl gewiß nicht schwer: nicht Banane oder Bier, Bratwurst oder Bauch fänden Platz in unserem eng geschnürten Wortgepäck, nicht Bischof, Bizeps oder Blech, nein, das Wort unserer Wahl hieße zweifellos *Ballett*, denn Ballett ist Bewegung ist Grazie, ist Rhythmus. Es macht uns leicht. Erdenschwer wie wir sind, erträumen wir im Ballett die

Schwerelosigkeit. Ja, so wie Ikarus sich erhebt in die Lüfte, Phönix aus der Asche steigt, so schwingen sich unsere Gedanken empor, federleicht beim Anblick leichter Mädchen ... junger Mädchen in leichten Kostümen.

Wohin fiele unsere Wahl beim »M«, jenem so matriarchalischen Buchstaben der Mitte: »M« wie Muse, »M« wie Mutter, »M« wie Milch? »M« wie *Matinee* – keine Frage: auch die Matinee also wäre im verbalen Handgepäck unserer fiktiven Reise auf die einsame Insel, ebenso die Poesie. Sie verwiese beim »P« alle anderen auf die Plätze: Penelope, Priamus, Polis, Prosa, Präservativ und Papst.

Damit schließt sich der Kreis: Matinee als Ort circensisch-visuellen Genusses, als Ort der Dichtung und des Reims. So wie Musik und Tanz der Zeit ihren Rhythmus verleihen, bringt der Rhythmus der Poesie Ordnung in unsere Gedanken, Ruhe in unser Denken und Fühlen. Eintragung ins Merkbüchlein unserer Emotionen, Anmut und Grazie der Welt. Nicht die Phrase des Alltags hat Platz und Raum in der Matinee, sondern Tanz der Körper, Tanz der Sprache, Ballett und Poesie, Literatur also und damit Humanitas. Matinee als Ort der Ars poetica, wo der Dichterlorbeer ebenso wie der Eichenkranz der Bürgertugend den Besten im Land zugeeignet wird, Aurora Musis Amica!

Wo die Matinee beginnt – und damit möchte ich schließen – wo die Matinee beginnt, da endet alle Müdigkeit.

– Gleich anschließend sprach Ralph Ranitzke –

Meine Damen und Herren,

es ist nicht leicht, die richtigen Worte zu finden, unmittelbar nachdem ein kluger Mann sich geäußert hat, es ist noch schwieriger, wenn man zum gleichen Thema zu sprechen hat wie dieser, und es ist überhaupt am schwierigsten, wenn man zudem noch der Meinung ist, daß der kluge Mann sich im Irrtum befindet. Vor eben dieser schier unlösbaren Aufgabe stehe ich jetzt. Gestatten Sie also, daß ich zunächst einen Schluck trinke.

– Er nippt an einem bereitgestellten Wasserglas –

Also, um es kurz zu machen: Ich bin ganz anderer Meinung als mein Vorredner, mein guter Freund Walther Bentz. Meine Damen und Herren, machen Sie, was Sie wollen, machen Sie von mir aus auch eine Matinee zum Thema Matinee. Wer keine Probleme hat, der macht sich eben welche, bitte sehr, das ist sein gutes Recht. Aber geben Sie dann bitte auch mir die Erlaubnis, Folgendes grundsätzlich festzustellen: Matineen haben der Literatur noch nie genützt, im Gegenteil, sie haben ihr allesamt immer nur geschadet! Die Literatur braucht nicht nur keine Matineen, sondern ich betete zu Gott, sofern es ihn gäbe, er möge die Literatur vor Matineen bewahren. Mit dieser Meinung befinde ich mich übrigens in guter Gesellschaft. Erich Kästner schrieb 1948 folgendes Gedicht:

MATINEE

Nichts tut großem Geist mehr weh
Als eine gelungene Matinee.
Wenn im kalten Morgengrauen
Bürger mit nicht einmal schönen Frauen

Sich sammeln auf glänzendem Parkett,
Liege ich noch immer im Bett.
Nein, ich mag mit den anderen nicht tauschen,
Mag nicht so früh schon dem Dichterwort lauschen.
Ich kann es am Abend kaum ertragen,
Warum also dann noch auf nüchternen Magen?
Laßt mich in Ruhe mit Eurem Mist,
Ich bin schließlich kein Masochist.

Zwar teile ich nicht Kästners fröhlichen Pessimismus. Ich finde es eher traurig, daß es keine brauchbaren Autoren mehr gibt. Doch im Ergebnis sind wir einig: Wenn überhaupt noch Literatur, dann am Abend. Die Literatur braucht die Tiefe des gelebten Tages und nicht die flache Gutgläubigkeit des verschlafenen Morgens. Wenn vermeintliche Literaten ihr Selbsteingemachtes nur der unkritischen Verschlafenheit einer Matinee-Gesellschaft vorzutragen sich getrauen, dann ist das unendlich feige, und Feigheit hat die Literatur noch nie weitergebracht.

Also machen wir endlich Schluß mit diesen Matineen! Gehen Sie nach Hause, in die Kirche oder von mir aus sogar zur Morgengymnastik! Alles noch besser, als einer Veranstaltung beizuwohnen, die für alle Beteiligten gleichermaßen eine Qual ist: für diejenigen, die müde etwas vorzutragen haben, ebenso wie für die, welche dazu verdammt sind, dem lustlos Vorgetragenen schläfrig zu lauschen.

Ich danke Ihnen für Ihre gequälte Aufmerksamkeit.

Wie unsere späteren Recherchen ergaben, handelte es sich bei dem Gedicht »Matinee« nicht um ein Werk von Erich Kästner, sondern um eine verheimlichte Schöpfung Ralph Ranitzkes.

ÜBER DIE ALLMÄHLICHE VERFERTIGUNG DER GEDANKEN NACH DEM REDEN

Die Auseinandersetzung mit dem Fußball spielt im hoffentlich noch lange nicht abgeschlossenen Gesamtwerk des Walther Bentz tatsächlich, wie von Ralph Ranitzke heftig attakkiert, wenn nicht gerade eine zentrale, so doch eine sehr wesentliche Rolle. Immer wieder meldete er sich zu Wort als Kommentator des Spielgeschehens auf dem Rasen, der Skandale vor und hinter den Kulissen, aber auch, und das besonders brillant, als Kommentator der Kommentatoren. Die präzise sprachliche Analyse der Fußballreportage ist ein Genre, das erst durch Bentz zu einem ernstzunehmenden Zweig der Rhetorischen Linguistik avancieren konnte. Als Beleg dessen lesen Sie bitte folgenden, in der Fachzeitschrift ›Significans‹ unmittelbar nach der Fußballweltmeisterschaft 1990 erschienenen Aufsatz:

»Lebensgefährlich für das tschechische Tor«

Es würde den Rahmen dieses Opusculum sprengen (und ich setzte mich dem Vorwurf aus, den wir noch aus unseren alten Aufsatzheften kennen: *Thema verfehlt*), wenn ich an dieser Stelle näher auf die sportlichen Ergebnisse der gerade beendeten Fußballweltmeisterschaft einginge. Nur folgender Kommentar sei mir erlaubt, ihn mir zu verkneifen beanspruchte eben diejenigen Energiereserven, welche dem Verfasser dieser Zeilen ebenso wie dem Rezeptor derselben doch gerade zugute kommen sollen: Die Ergebnisse dieser WM, aus der wir (?!) Deutschen, wie man hört, als strahlende Sieger hervorgegangen sein sollen, stellen den Wahrheitsgehalt des blauäugigen Wortes vom Besseren, der angeblich immer gewinnt, ganz erheblich in Frage. Weder die spielerisch beste Mannschaft hat diese Weltmeisterschaft für sich entschieden, das waren zweifellos die Italiener, noch die kämpferischste und menschlich wertvollste, das waren die Männer aus Kamerun – wie inständig habe ich jenen afrikanischen Helden vom Kamerunberg zumindest eine Teilnahme am Finale gewünscht! Nein, nicht Justitia bestimmte den Sieger dieses Turniers, sondern Fortuna.

Doch das ist, wie gesagt, nicht unser Thema, sondern nur ein Gedanke, der dem Verfasser lediglich gestattet sei, da er an einem Scheidepunkt seines Lebens vor der Alternative stand, sich dem Geist des Sports zu ergeben oder dem Sport des Geistes. Wie wir heute wissen, entschied er sich für den letzteren, dennoch bittet er um Nachsicht, daß in seinen Adern immer noch Spurenelemente des ersteren anzutreffen sind.

Verlassen wir jetzt endgültig den sportlichen Blickwinkel und wenden wir uns den sprachwissenschaftlichen Aspekten dieser Fußballweltmeisterschaft zu. Die junge Generation unserer Sportreporter hat es während des Turniers zuwege gebracht, neue Maßstäbe zu setzen, vor allem in der Sprachbehandlung. Dies wiegt um so schwerer, als daß die Reporter der ersten Stunde, die alten Recken der Rundfunkreportage, Herbert Zimmermann und Heinz Mägerlein, die Latte bereits ungeheuer hoch angelegt haben. In unvergeßlicher Erinnerung ist uns Heinz Mägerleins »Sie standen an den Hängen und Pisten«, das uns während der Olympischen

Winterspiele in Squaw Valley über den Äther erreichte, oder Herbert Zimmermanns metaphernreiche Schilderung des Endspiels in Bern: »Fritz Walther zieht seine Fäden wie am Schnürchen, Rahn hat Dynamit in seinen Füßen, wenn er losbombt ...« oder »Wie von der Tarantel gestochen, rasen die Pußtasöhne los«.

Wie sehr das intellektuelle Niveau unserer Reporter in den letzten drei bis vier Jahrzehnten dennoch gestiegen ist, beweist vor allem ein Karl-Heinz Rummenigge, der in seiner Funktion des Co-Reporters für die nötigen Hintergrundsinformationen zu sorgen hat, eine Aufgabe, die durch ihren viel theoretischeren Ansatz natürlich Höchstleistungen der Sprachbehandlung um vieles mehr befördert als die bloße Beschreibung des Spielgeschehens. So wußte er uns etwa über die tschechische Sturmspitze Skurabi zu berichten: »Wenn er am Boden ist, ist er limitiert, wenn er in der Luft ist, ist er ein Riese«, denn, so nur wenige Sätze später, »am Boden ist er wirklich was anderes, als was er in der Luft darstellt«.

Und kann die Beschreibung einer Mannschaft, gegen welche die eigene gerade zu gewinnen im Begriffe steht, von mehr menschlicher Wärme und Respekt, vor allem aber von mehr Intelligenz getragen sein als die folgende: »ein generös kämpfender, aber ein modester Gegner«. Wie alle Menschen, deren Verstand in der Lage ist, die Dinge differenziert zu betrachten, drückt auch Rummenigge sich sehr vorsichtig aus: »33 Grad, das hat die Spieler sicher irgendwo dahingehend belastet«.

Nicht minder als der Verstand desjenigen, der solche Sätze zu formulieren weiß, ist auch die Intelligenz desjenigen herausgefordert, der Rummenigges Gedankengängen zu folgen sucht. Was meint er mit »Zwitterentscheidung«? Ist dies die Entscheidung wie ein Zwitter, von einem Zwitter oder für einen Zwitter? Geschickt verlangt uns hier Rummenigge eine Fähigkeit ab, die bei all zu vielen von uns, nur scheinbar hoffnungslos, verkümmert zu sein scheint: die Fähigkeit, Sinngebungen aus dem Kontext zu erschließen. Der läßt nämlich keinen Zweifel: Unser Co-Reporter möchte uns darauf hinweisen, daß man bei der Entscheidung auch hätte anders entscheiden können, und wie Schuppen fällt es uns von den Augen, daß wir bei jeder Entscheidung mehrere Möglichkeiten haben, mindestens jedoch zwei. Hier wird sie ganz manifest: die aufklärerische Dimension der Rummeniggeschen Sprachbehandlung.

Untersuchen wir nun die Motive, die dazu geführt haben mögen, daß Rummenigge wie folgt formulierte: »Und da! Maradonna schießt gegen Zengas Latte«. Ganz offensichtlich steht diese Phraseologie in der Tradition Altmeister Zimmermanns und seines damals die gesamte Nation schockierenden »Der Regen prasselt unaufhörlich nieder, da wird Otmar Walther von hinten genommen«. Hierzulande gelingt es wohl kaum noch, mit derartigen Satzgefügen auch den prüdesten Lutheraner oder den strenggläubigsten Katholiken herauszufordern, ebensowenig wie ein angesichts des von Krämpfen geschüttelten Thomas Häßler provokativ dahingeworfenes »Der ist steif, der muß raus«. Doch Karl-Heinz Rummenigge war sich zweifellos bewußt, wie wichtig für die Wirkung eines Textes nicht nur ist, was man sagt, wie man es sagt und wann man es sagt, sondern auch, wo man es sagt. Er gebrauchte diese Formulierungen in Italien, in unmittelbarer Nähe des Vatikan. Das mußte schockieren – und das sollte es zweifellos auch.

Als zweiter großer Meister des gesprochenen Wortes, wenn vielleicht auch nicht vom einsamen Format eines Karl-Heinz Rummenigge, erwies sich ein Sportreporter mit dem klangvollen Familiennamen Thurn und Taxis. Die Erwartungen, die dieser Name hervorruft, wurden nicht enttäuscht, denn eine höchst artifizielle Konstruktion wie: »Tief hinten drin, da unterm Herzen, da steckt viel Zufriedenheit drin«, die sucht erst einmal ihresgleichen. Ein Mann wie Thurn und Taxis vermittelt uns mit besonderer Eindringlichkeit, wie befruchtend die Atmosphäre eines brodelnden Fußballkessels auf die Bereitschaft zur Zertrümmerung herkömmlicher Sprachstrukturen zu wirken vermag: »Aus keiner Chance macht er ein Tor«.

Die aus der Empirie resultierenden Ergebnisse dieser Studie erlauben es dem Verfasser, folgende Arbeitshypothese zu formulieren: Die Fußballreportage ist in ihrer nunmehr etwa fünfzigjährigen Geschichte zu einem Medium geworden, in Anwendung dessen es immer mehr und immer radikaler gelingt, die von Heinrich von Kleist so haarscharf beobachtete allmähliche Verfertigung der Gedanken beim Reden (und nicht nur davor) weiterzuentwickeln zur allmählichen Verfertigung der Gedanken nach dem Reden. Wie sonst sind Formulierungen möglich wie diese: »Das wäre lebensgefährlich geworden fürs tschechische Tor.«

AMOR UND PSYCHE

Die Breite des Bentzschen Schaffensspektrums ist schon beinahe beängstigend. So gehört zu seinen Veröffentlichungen auch eine Vielzahl von Dramen, die leider viel zu selten auf den Spielplänen deutscher Bühnen erscheinen. Die höchst originelle Mischung aus Euripides und Botho Strauß wird in Übersee offensichtlich besser verstanden. Die singhalesische Fassung eines seiner letzten Dramen, »Amor und Psyche«, geht am Stadttheater Colombo bereits in die dritte Spielzeit. Hier ein kurzer Ausschnitt aus dem deutschen Original, das Ende des Zweiten Akts, die Begegnung Psyches mit Pan, im Beisein der Berggöttin Echo:

PAN *(die Berggöttin Echo im Arme haltend)*[1]

Die Lust, am Ufer sitzend,
dem Müßiggang frönend, meinen
Odem in deinen Nacken,

---

[1] Der Leser kommt natürlich erst in den vollständigen Genuß dieser Versdichtung, wenn er sich an die von Bentz verwendete Metrik zu halten versteht. Den Trimetern liegt der hellenistische Iambus zugrunde (v_), eine Weiterentwicklung des ionischen Iambus (v_v_). Doch verwendet Bentz in einer raffinierten Mischtechnik ebenso Trochäen (_v), Anapästen (vv_) und Daktylen (_vv). Dieses von Bentz selbst entwickelte Verfahren arbeitet nach Gesetzen, die wir hier leider nur andeuten können. Absolutes Tabu sind beispielsweise rein dakty-

Schenkel auf Schoß und Schoß
an Schenkel, von ferne schlägt
die Wachtel, der Zephir trägt
den wundersam' Duft der kaum
erblühten Rosen, was gleicht
ihr auf Erden und auf dem Olymp?
Weh mir, der ich sie nicht stets
genoß! Vergeudete Zeit:
es bringt sie zurück nicht einmal
der alles bezwingende Chronos!

ECHO *(aufschauend)*
Chronos, Ronos, Onos!

---

lische Trimeter. Rein anapästische Trimeter dürfen nur nach Versen auftreten, die mit einer Senkung beginnen, also mit einem Iambus oder einem Anapäst. Iamben müssen alle zwei Verse mindestens ein Mal auftauchen, aber nicht mehr als drei Verse hintereinander dürfen rein iambisch sein. Überhaupt dürfen nie mehr als drei Verse in unmittelbarer Folge die gleiche Versfußkombination aufweisen. Auf diese Weise entsteht eine abwechslungsreiche Metrik, die, so auch die Intention von Bentz, einer Widerspiegelung unserer pluralistisch-vielöhrigen Gesellschaft um vieles mehr gerecht wird als reine Alexandriner, Knittel- oder Blankverse, ohne an klassischer Schönheit zu verlieren wie die freien Rhythmen. Um dem Leser den Einstieg in den Bentzschen Trimeter zu erleichtern, hier die Metrik der ersten neun Verse (v = Senkung, _ = Hebung):

1. v_v_v_v	6. v_vv_v_
v_vv_vv_	v_vv_v_
_vv_v_v	v_v_vv_
_vv_v_	vv_vv_vv_
v_vv_v_	

PAN (*auf die aus den Fluten steigende Psyche deutend*)

Doch sieh! Gibt's denn kein Maß,
das setzt der Schönheit die Grenze?
Wie oft hab' ich geschaut
das Ebenmaß der Grazien,
die göttliche Venus, so wie
sie aus dem Schaum geboren,
die Nymphe Syrinx, ...

ECHO (*wutentbrannt*)

Syrinx,
Yrinx, Rinx!

PAN (*fortfahrend*)

... bevor[2]
sie des Schilfrohrs Gestalt annahm
und ich auf ihr blies die Flöte,
doch niemals, beim Jupiter, niemals,
beim Mars, auch niemals bei mir,
noch nie habe ich so viel Schönheit
gesehen, beäugt, geschaut,
erblickt, gemustert, beglotzt,

---

2 Sehr schön zu sehen ist hier der sogenannte *Metrische Übersprung*: Die Zeile wechselt mit dem Sprecher nach zwei Füßen des Trimeters, doch dieser wird vermittels des dritten Versfuß' in der neuen Zeile fortgesetzt. Inhaltlich möchte Bentz hier wohl der engen Verbundenheit Pans mit Echo Ausdruck verleihen. Siehe dazu auch: C. WAGENKNECHT: »Der Metrische Übersprung als semantische Größe«. Reinbek 1978.

betrachtet und bestaunt,
bewundert in einer Gestalt!

ECHO *(noch immer enttäuscht)*
Gestalt, Stalt, Alt.

PSYCHE *(das Wasser abschüttelnd auf die beiden zutretend)*
Nicht neidend Euer Glück, so süß
vereint am Ufer des Flußes,
von Ziegen umspielt, Euch grüßend,
so wie es sich gehört,
laßt mich nur eben passieren!

ECHO *(erleichtert)*
Passieren, Assieren, Ssieren.

PAN *(heftig)*
Beim Jupiter, da sei Gott vor!
Nicht eher ruhend, als daß
von deinen Lippen, den lieblichen,
wie Kirschen so rot und so voll
wie Bacchus schon am Morgen,
nicht eher rastend also, bis daß
die Kunde mir kam, was Dir, mein Kind,
zustieß, denn sehe ich wohl,
daß Ungemach Dich schwer bedrückt.
Zwar bin ich nur ein schlechter Hirt,[3]

---

[3] In diesem Vers stoßen wir auf eine geradewegs abenteuerliche Metrik. Bentz kombiniert hier einen Daktylus mit einem Trochäus und

doch hat wohl auch eine Reihe
an Jahren so lang mich versehen
mit großer Erfahrung. Auch kenne
ich wohl den Grund deines Mißmuts.
Verborgen liegt er nicht
im Unglück mißrat'ner Geschäfte.
Dein wankender Tritt, Dein bleiches
Gesicht, recht ausgelegt
– bei klugen Leuten heißt Weissagen
eben nicht viel mehr –
verrät mir: die Ursache Deiner
Betroffenheit ist begründet
in qualvollem Liebesleid.
Amor, der Pfeile versendende,
hat auch Deiner nicht geschont,
so wie auch meiner oftmals nicht.
Jedoch von eigener Art
liegt bei Dir der Fall:

---

einem Anapäst. Das wagte bisher noch nicht einmal Ernst Jandl. 1923 gelang es dem sowjetischen Schriftsteller W. Majakowski erstmals, einen Anapäst mit einem Daktylus erfolgreich zu verbinden, jedoch im Beisein eines Iambus. Daß es hier gelingt, einen Anapäst mit einem Daktylus zu kombinieren, gemeinsam mit einem Trochäus, noch dazu unter den harten Bedingungen eines Trimeters – Majakowski hatte einen Pentameter zur Verfügung –, das ist absolut sensationell. Angesichts der vieltausendjährigen Geschichte der Versdichtung innert eines halben Jahrhunderts ein so großer Schritt nach vorn, das bedeutet eine Entwicklung von geradezu schwindelerregender Rasanz, die nur möglich war durch das Genie eines Walther Bentz. Mehr dazu siehe auch: O. Paul und I. Glier: »Walther Bentz. Ein Leben auf unruhigem Versfuß«. Düsseldorf 1984.

gilt doch Dein ganzes Begehren
dem Schützen selbst, dem Gott,
halb Kind noch und doch schon Mann,
denn Deine Tränen sind
nicht die Tränen einer Mutter.

– Stille –

PAN *(verwundert)*
Doch Echo, wo bleibt dein Echo?

ECHO *(errötend)*
Echo, Cho, O![4]

PSYCHE *(erregt)*
Groß bist Du an Klugheit,
Du Bocksgehörnter unter
den Göttern. Doch all Deine Klugheit
schützt Dich nicht davor,
zu denken wie ein Mann,
zu denken nur an das eine,
als gäb' es nichts anderes
auf der Welt, und dennoch,
Du hast es erkannt:
Die Ursache meiner Leiden
liegt begründet in diesem Fall
in Kummer und Pein um Amor.
Doch stolz werd' ich tragen mein Haupt
in den Tod, der mich schon bald

---

[4] Siehe auch: W. KAYSER: »Der einsilbige Iambus von Kleist bis Bentz«. Leipzig/Berlin/New York 1992, S. 167ff.

erlösen wird, befreien muß
von allen meinen Schmerzen,
denn diesmal noch stürzte mich
ins Verderben das rettende Ufer.

PAN *(Echo übergehend Psyche ins Wort fallend)*
Du Närrin, wie oft, was glaubst Du wohl,
hätte ich mich stürzen müssen
in den Fluß, den schäumenden, Freund
aller des Lebens Müder,
wenn nach jedem erhaltenen Korb
ich mein Leben hätt' geben wollen
den Tod bringenden Fluten.

ECHO *(eifrig)*
Fluten, Luten, Uten.

PSYCHE *(ihrer Wege gehend)*
Es können die Männer die Frauen niemals
verstehen, nein, nie! Doch bleibt mir als Trost
vor dem Untergang: auch nie verstand eine
Frau den Mann.[5]

Ab. Pan legt die Hand auf Echos Mund.

---

5 Nun also doch noch ein vierhebiger Vers? In der Tat. Bentz bringt hier in besonders eindrucksvoller Weise das aufrührerische Element in Psyches Charakter zum Ausdruck. In extremen Situationen, so will er uns hier zeigen, und um eine solche handelt es sich hier für Psyche (immerhin hat sie gerade einen mißglückten Selbstmordversuch hinter sich), in solchen Momenten also ist sie durchaus schon einmal bereit, auf jedes vorgegebene Versmaß zu verzichten.

STILLE UM DAS DEUTSCHE PAUSENZEICHEN

In der ›Zeit‹ erschien zwischen 1963 und 1983 allwöchentlich eine Serie von Hörfunk-Kritiken unter der Signatur Momo. Hinter diesem Momo, das wußte in der Republik bald jeder, steckte niemand anders als Walther Bentz. Wegen ihrer großen Beliebtheit veröffentlichte der ›Piper Verlag‹ die gesammelten Kritiken in zwei Bänden, zusammengefaßt nach Dezenien, unter dem Titel »Momo am Lautsprecher«. Besonders gelungen erscheint uns eine der letzten Besprechungen aus Band 2:

Das Pausenzeichen im Zeitalter der Dauerberieselung

Wann haben Sie zum letzten Mal in aller Ruhe ein Pausenzeichen gehört, diesen unerbittlichen Iterativ von hypnotischer Magie für die einen und von erbarmungsloser Monotonie für die anderen? Ja, es ist still geworden um das deutsche Pausenzeichen. Wir tun uns schwer damit im Zeitalter der Dauerberieselung. Pausenzeichen: Casus belli oder Utopia?

Pausenzeichen. Zeichen der Pause, Pause der Zeichen. Significans und significantum sagen sich »Gute Nacht«, das Ende der Semantik. Am Anfang war das Wort, am Ende steht die Pause. Ein deutsches Paradoxon? Es scheint so. Als seien wir am Ende, wenn wir pausieren, innehalten, Rast machen, streben wir danach, immer am Ball zu bleiben, an jener von weichem Leder überzogenen Ochsenblase. Ja, der Schornstein muß rauchen in einem Land, das ganz oben an der Tabellenspitze steht in Sachen Produktion und um den Klassenerhalt bangen muß in Sachen Muße.

Doch auch schon den alten Griechen, jenen Taufpaten der Muße, bedeutete παύσις das Aufhören, den Blick rückwärtsgewandt auf das Ende einer Handlung oder Tätigkeit.

Um so mehr fast Blochsche Hoffnung macht uns das Pausenzeichen des Südwest-Funks, jene so ganz Mozartsche Melodie auf die Worte »Bald prankt, den Morgen zu verkünden«, kleines Zitat aus großer Oper, der »Zauberflöte«, um so vieles optimistischer als jenes »Nun gang i mal ans Brünnele« des Südfunk Stuttgart. Allein die Pluralität ihrer Pausenzeichen rechtfertigt, so meine ich, eine Nicht-Zusammenlegung beider Sendeanstalten.

Beide Sender im Zusammenklang heben sich wohltuend ab gegen all die anderen der in der ARD zusammengefaßten Stationen, von denen meist nur noch über die Schmerzgrenze hinaus techno-poppig synthetisierte Verkehrsstaukürzel zu hören sind, wie jenes lieblose, bierselig folkloristische Klangfüllsel des Bayerischen Rundfunks, kaum begonnen, schon verklungen, vermittelt es den Eindruck des zwischen fünf Terminen und sechs Aufträgen hin und her hetzenden Studiomusikers. Nicht besser das Pausenschnipsel des Hessischen Rundfunks.

Wen packt da nicht Sehnsucht nach Opas Dampfradio, nach den Zeiten, in denen die herrlichsten Melodien den Äther erfüllten? Melodien, um so vieles feierlicher uns kündend als jener entwaffnend banale Werbespot eines die ganze Welt mit einem klebrig süßen, Karies fördernden Getränk versorgenden amerikanischen Mammutkonzerns, um so vieles feierlicher als jener also, uns mahnend: »Mach mal Pause!« Das für diesen Komponisten so ungewöhnlich heitere Motiv auf Dichters Worte, Beethovens »In diesen schönen Stunden«, teilte uns mit: Sie hören jetzt den Westdeutschen Rundfunk, doch das Personal hat beschlossen innezuhalten, die Arbeit ruht. Nicht selten wurde man angesteckt, schloß die Augen und dachte darüber nach: Was tust du da eigentlich gerade? Ist es wirklich so wichtig? Gibt es nicht Dinge auf dieser Welt, die wichtiger sind als deine Arbeit? Das nutzlos Schöne, das unschuldig Reine, schöne Unschuld und reine Nutzlosigkeit? Kann nicht gerade Arbeit manchmal furchtbar zerstörerisch sein?

Und dann Pause beim Deutschlandfunk: Schumann: »Rheinische Symphonie«, Kopfthema, zweiter Satz: das Pausenzeichen als Mutmacher. »Et in terra pax« aus Bachs herrlicher »h-moll-Messe«. Und Friede auf Erden: das Pausenzeichen als Friedensbote auf Radio Bremen. Ja, auch der düstere Brahms war mit von der Partie. Wie oft saß ich wohl nächtelang im engen Freiburger Studierzimmer und lauschte neben der Lektüre Heideggers dem wunderbaren Pausenzeichen des Norddeutschen Rundfunks. Voll des Heimwehs summte ich das herrliche zweite Hauptthema des ersten Satzes der »Zweiten Symphonie« mit. Aus dem Empfänger erklang zwar nur ein einsames Blasinstrument, doch den wunderbar vollen Brahmsschen Streicherklang, den dachte man sich eben selber dazu.

Und aus dem fernen Moskau tönte auf langer Welle die unendlich wehmütige Melodie des herrlichen Volksliedes vom Kosakenführer Stenka Rasin, der die Bauern gegen zaristische Ausbeutung anführt. Man hörte sie, und ein kalter Schauer lief einem über den Rücken, denn Radio Moskau, das war in jenen Zeiten, auf dem Höhepunkt des Kalten Krieges, ein ähnliches Tabu wie fünfzehn Jahre zuvor der Freiheitssender der Alliierten mit seinem schaurig-schönen Paukensignal vom Anfang der unsterblichen Beethovenschen »Fünften«.

Nein, das alles gibt es heute nicht mehr. Durch die Res publica weht ein rauherer Wind. Verdinglichung der öffentlichen Sache. Das Bruttosozialprodukt verschlingt seine Väter, und seine Kinder lauschen nicht mehr dem geheimnisvollen Knistern der Lautsprecher klobiger Radiogeräte, sondern starren in geräuschlose Monitoren geruchsfreier Computer. Es ist still geworden um das deutsche Pausenzeichen.

ZUVERSICHT

Während Ralph Ranitzkes Kunstgeschmack wohl eher als konventionell zu bezeichnen ist – er gilt als leidenschaftlicher Verehrer von Mozart und Wagner, seine Lieblingsmaler heißen Rembrandt und Dürer – während er also mehr dem Klassischen zugetan ist, so hegt Walther Bentz auch große Sympathien für die Künstler der Moderne, nicht nur für die Großen wie Beuys, Penk und Lüpertz (für diesen wegen seiner chauvinistischen Allüren wohl noch am wenigsten), nein, auch auf dem Gebiet der bildenden Kunst bewahrte sich Bentz stets ein Herz für die Kleinen. So gilt als seine Lieblingsinstallation das Werk eines über den Raum Tübingen, Reutlingen, Rottenburg hinaus nur wenig bekannten Aktionskünstlers namens Serge le Goff.

Das Werk, das Sie hier in einer Skizze[1] *sehen, wurde von Bentz 1989 erworben und von le Goff im Geräteschuppen des*

[1] Leider war es uns nicht möglich, eine Photographie dieses im Bentzschen Privatbesitz befindlichen Objektes aufzutreiben, denn im Geräteschuppen der Familie Bentz herrscht absolutes Photographierverbot. Wir glauben jedoch, daß diese flüchtige Skizze durchaus einen Eindruck zu vermitteln vermag von den Dimensionen dieser außergewöhnlichen Schöpfung. Der Urheber dieser Zeichnung, dem es gelang, seinen Skizzenblock in Sekundenschnelle zu füllen, ohne das Einverständnis von Ingeborg und Walther Bentz und von ihnen unbemerkt, möchte hier aus verständlichen Gründen nicht namentlich genannt sein.

Bentzschen Anwesens installiert. Gelegentlich eines Besuches bei Walther und Ingeborg Bentz soll sich Jan Hout, der Organisator der documenta 9, beim Anblick des Kunstwerks unwillkürlich wie folgt geäußert haben:

Das Werk stellt für mich einen Raum dar, einen nach oben gebogenen Raum umgeben von einem größeren Raum (gemeint ist der Geräteschuppen der Familie Bentz) voller anderer verschiedener Formen von Raum in diesem Raum, also nicht nur nach oben gebogenem Raum, sondern auch nach unten gebogenem Raum, seitwärts gebogenem Raum, in alle möglichen Richtungen gebogenen Raum oder auch gar nicht

Zuversicht,
Serge le Goff, um 1987

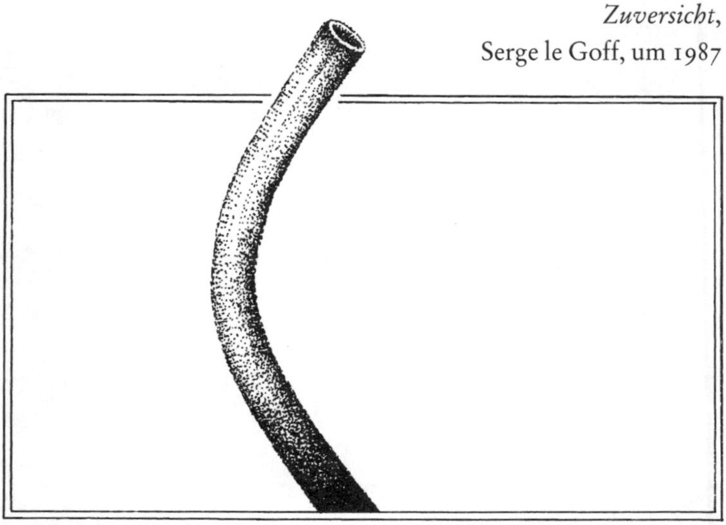

gebogenem Raum. Im Freiraum zwischen diesen verschiedenen Formen von Raum im Raum, also zwischen dem nach oben gebogenem Raum im Raum und den anderen Räumen im Raum, entsteht eine Spannung zwischen den verschiedenen Räumen im Raum und dem Betrachter, ja selbst ein Raum in diesem Raum zwischen den anderen Räumen im Raum, die ihn, den Betrachter, als Raum im Raum zwischen den anderen Räumen im Raum stimuliert zur Wahrnehmung seines eigenen Raumes im Raum zwischen den anderen Räumen im Raum. Die Wahrnehmung des eigenen Raumes im Raum zwischen den anderen Räumen im Raum ist nun aber nichts anderes als die durch kräftige plastische Darstellung in sensibler Komplexität hervorgerufene Wiederentdeckung des eigenen Körpers unter Ausschaltung des analytischen Intellekts, denn, so hat le Goff ganz richtig erkannt, Kunst muß überall und immer absolut sinnlich sein, auch und gerade im Raum.

Markus Lüpertz.
Zu chauvinistische Allüren für Bentz.

LAUDATIO AD ME IPSUM

Eines der herausragenden Ereignisse des Jahres 1993 war für die große kleine Stadt Tübingen die Feier zum Siebzigsten Geburtstag von Walther Bentz. Der Chefredakteur und Feuilletonchef der ortsansässigen Zeitung organisierte für den wohl bekanntesten lebenden (Adoptiv-)Sohn der Stadt eine kleine fünfstündige Feier, die allen Tübingern in unvergeßlicher Erinnerung bleiben wird, denen teilzunehmen vergönnt war. Insbesondere trug dazu bei die Welturaufführung einer »Laudatio ad me ipsum«, die jedem anderen vermutlich zur absoluten Peinlichkeit geraten wäre. Walther Bentz jedoch bewältigte die ungeheure Herausforderung, Selbstlob zu paaren mit Zurückhaltung und Understatement, mittels der rhetorischen Bravour, für die wir ihn so lieben. Hier der Wortlaut:

Angesichts eines zweiten Ich gleichsam, packt mich nicht falsche Bescheidenheit, sondern aufrichtiger Stolz und treibt mich, zur eigenen Ehrung selbst das Wort zu ergreifen – das Wort, jenen so rätselhaften λόγος der Alten Griechen, die uns sonst doch, statt Rätsel aufzugeben, eher Fragen beantworteten, noch ehe wir sie stellten, das Wort zu ergreifen also, das zu begreifen und dadurch zu beherrschen ich einmal mehr, einmal weniger erfolgreich bemüht war, Zeit meines nun schon mehr als siebzig Jahre währenden Lebens.

Ja, nehmen wir einmal das Wort »Geburtstag«. Was will es uns eigentlich sagen? Geburtstag – Tag der Geburt oder Geburt des Tages? Stunde der Aurora, jener rosenfingrigen Göttin der Morgenröte, uns kraft ihrer ewigen Jugend stets gemahnend an die eigene Vergänglichkeit, ebenso wie die alljährliche Wiederkehr unseres Geburtstages, jenes vor allem im Leben der den Namenstag völlig ignorierenden Protestanten so bedeutenden Ehrentages eines jeden von uns, sei er Bettler oder Edelmann. Und das, meine ich, verleiht ihm, dem Geburtstag, einen so wunderbar radikaldemokratischen Charakter: begangen von Staatspräsidenten ebenso wie von Putzfrauen, von Bischöfen und Prostituierten, von Großindustriellen und Kleinkriminellen, von Mitbürgern jedweder Hautfarbe, von Indern, Äthiopiern, Türken, Ostfriesen, Bayern und Schwaben – von allen wird er gefeiert als das Fest ihrer Geburt, mit Kaffee und Kuchen von den einen, von den anderen mit Šiš-Kebab und Raki, von diesen in festlichen Gewändern, von jenen in Hemdsärmeln und Jeans, doch ganz darüber hinwegzusehen, das vermag so recht wohl niemand.

Geburtstag. Der Tag des Eintritts in diese Welt als Grund zum Feiern, ein Hoffnungsschimmer, so meine ich, gerade in einer Zeit, die zum Ausstieg genügend Anlaß bietet, ein Hoffnungsschimmer ganz im Sinne jenes Nazarener Zimmermannsohnes, dessen Geburtstag zu feiern wir uns trotz Konsum und Terror nicht abgewöhnen mögen, weder in Chicago noch in Kiew, weder in Zagreb noch in Belgrad, in Belfast oder London, Reutlingen oder Tübingen, unserer kleinen πόλις am Neckar, wo Gogenwitz und Hegelsche Dialektik sich die Hand reichen in einträchtiger Zwietracht und zwieträchtiger Eintracht. Tübingen – kleine Wege, große Gedanken.

Provinz? Ja, warum eigentlich nicht? Gemessen am Berlin der Zwanziger Jahre, und nach den turbulenten Ereignissen der letzten Zeit: vermutlich auch der Neunziger – wer weiß das schon? Wer will das schon? –, gemessen daran ist ganz Deutschland heute Provinz: Hamburg, München, Düsseldorf, Frankfurt, Leipzig, Dresden – hilflose, vergebliche Versuche, Provinz zu kaschieren. Ja, dann doch lieber ehrliche Provinz, putzmuntere Lokalität, wo Hölderlin einst lupfte den Hut vor dreijährigen Knaben und Hegel, der Alte, ein rechter Raufbold, in Kaschemmen polterte, legt heute der Schwule den Arm um die Schulter des Freundes neben der Marktfrau, die Eier sortiert, bohrt der Schutzmann in der Nase neben dem Freak, der sich die Krawatte bindet.

Tübingen: Refugium biederer Genialität und genialer Biederkeit, Eldorado der Dialektik. Ich wäre kein Dialektiker, – bin ich es? – wenn ich jetzt nicht mein Leben gerade hier in Tübingen weiterführte, auch jenseits der Alma mater: ein Leben im Dienst des λόγος.

DAS REISEN

Es mag Schriftsteller und Redner geben, die mit ähnlichem Gespür wie Walther Bentz auf der Klaviatur der Wörter und Begriffe zu spielen verstehen, deren geschliffene Wortwahl uns in gleichem Maße fasziniert wie deren expressive Metaphorik uns fesselt. Doch da ist keiner, auch nicht ein einziger, der dem Meister das Wasser reichen kann im Umgang mit der deutschen Syntax. Als Beleg dafür lesen Sie hier bitte den längsten Satz, der je über die Lippen eines Nicht-Juristen kam seit der Einführung der Sprache als Verständigungsmittel. Es ist der erste Satz eines von Walther Bentz am dritten Oktober 1988 auf einem Kongreß in Starnberg gehaltenen Vortrages zum Thema »Sanfter Tourismus oder Tourismus in der Sänfte«. Da beim Lesen dieses Textes auf das die Satzstruktur klar herausarbeitende Sprechen eines Walther Bentz verzichtet werden muß, haben wir als kleine Hilfestellung den Hauptgedanken besonders hervorgehoben.

Meine Damen und Herren,

die Worte »Da packt es mich wieder das große Reißen«, wie oft muß sie wohl gehört haben Hermann Puderitz, erster Kammerdiener jener unsäglich preußischen Exzellenz, die Mitte des vorvergangenen Jahrhunderts halb Europa mit ihren sinnlos kindischen Kriegen in Atem hielt, kindisch wohl weniger in jenem hoffnungsvollen, uns an die Unschuld verlorener Jahre gemahnenden Sinne als in der Bedeutung, die diese ursprünglich wertneutrale semantische Einheit erst in der zweiten Hälfte des letzten Jahrhunderts erhalten sollte, in dieser vielleicht kinderfeindlichsten aller Epochen – zu wenig wissen wir über den Umgang des bronzezeitlichen Menschen mit seinem Nachwuchs, um diese Behauptung ohne das kleine Wörtchen »vielleicht« generalisieren zu können – dieser Epoche also, welche in blau-weiße Matrosenanzüge zwängte die kleinen Kameraden, somit jenes Textil den nachfolgenden Generationen zum Symbol erhebend für erwachsene Unterdrückung urkindlicher Bedürfnisse, niemals wieder so imposant eingesetzt, wie in jener unvergessenen deutschsprachigen Erstaufführung von Roger Vitracs »Victor oder die Kinder an der Macht« unter der Regie von keinem Geringeren als Jean Anouilh, jenes solcherart kindische Kriege führenden, von vor Bewunderung im Denken gelähmten Geschichtsschreibern liebevoll mit dem Kosenamen »Der Alte Fritz« belegten, aufgeklärten Feldherrn, aufgeklärt im Sinne Immanuel Kants, im Sinne Emanuelas wohl weniger, dieses Schrecken verbreitenden, Furcht erregenden und zugleich der Überlieferung zufolge unendlich zart barock flötenden Herrschers also, der seit dem, wie alle vorausgegangenen und nachfolgenden Waffengänge, erbarmungslos grausamen Siebenjährigen Krieg, der wohl eher den Namen »Erster Weltkrieg« verdiente, denn er wurde getragen auch in die entferntesten Kolonien unter der gleißenden Sonne des äquatorialen Gürtels jener aus 291 uns heute bekannten Elementen zusammengefügten Kugel, die wir »Erde« zu nennen gewohnt sind, welche jenen nur aus zwei Elementen bestehenden, seinen kleinen aber, da mit organischem Leben erfüllt, so bedeutenden Trabanten an Größe um so vieles übertreffenden Feuerball umkreist – Leben spendend dieser, Leben gebärend jene – der seitdem als Begründer von Preußens zweifelhaftem Gloria unter einem ganz unrühmlichen Reißen litt, auch genannt das Zipperlein, das in den letzten Lebensjahren seinen Rücken krümmte einer zweihundert Jahre später im von ihm und seinen Windspielen – »ou sont mes chiens?« – so geliebten Tiergarten aufgestellten Bogenlampe gleich, an die gelehnt gerade jetzt womöglich eine jener unglücklichen Frauen steht, die das Schicksal geißelt mit einer ebenso erschütternd banalen wie unendlich vielschichtigen Beschäftigung, erquickend und so oft schon als höchstes Glück empfunden nur von uns, die wir uns nicht an diese Bogenlampe lehnen müssen, unter einem Reißen litt, das meine Gedanken hier heute Abend allerdings nicht umkreisen sollen – behutsam am Begriff nagend, ihn einkreisend ausgrenzend, nicht allein im Bezirk der Ideen verhaftet, vielmehr im besten aristotelischen Sinn vom Allgemeinen redend, das Mögliche zur Darstellung bringend, die Wirklichkeit, wenn nicht formend, so doch sie bewegend im *hic et nunc* durch die Eigenbeweglichkeit des Geistes als Instrument dessen, der an seiner Seite weiß beste literarische Gesellschaft in der Tradition sokratischer Weisheit, stoischer Entsagung und epikuräischer Lebensfreude, spinozischem Enthusiasmus, kantscher Systematik und lessingscher Klarsicht, marxscher Vehemenz und blochscher Phantasie, welche die Mächtigen aller Zeiten erzittern ließ wie die Brisanz der Poesie – Poesie im weitesten Sinne – sie in große Angst versetzte, die eine Hypochonderfurcht wäre, wenn Literatur sich tatsächlich darauf beschränkte, nur Spiel und schöner Schein zu sein, was sie Gott sei Dank nicht tut –, denn nicht dies ist es, was uns hier zu beschäftigen hat, nicht dieses Reißen, sondern unser Thema ist das Reisen.

LITERATUR UND PROSTITUTION

Eine liebenswerte Tradition: der Auftritt der Prostituierten im zeitgenössischen Theater. Meist erscheint sie als Einzelgängerin, leicht alkoholisiert und schwer desillusioniert, immer irgend jemanden beschimpfend, doch – harte Schale, weicher Kern – stets den Tränen ganz nah. Findet sie niemanden auf der Bühne vor, beschimpft sie den Zuschauerraum, ist der ebenso menschenleer, wendet sie sich ans Einlaßpersonal. Zuweilen taucht sie in kleinen Gruppen auf, untereinander zerstritten, aber gegen den Alten Spießer gemeinsam stark, abgeschmackt und vulgär an der Oberfläche, sensibel-zerbrechlich im Innern und somit als Focus postmoderner Befindlichkeit. Wir wollen diesen schönen Brauch der Prostituierten-Präsentation hier fortsetzen in prosaischem Rahmen: die Hure, wenn auch nur einmal mehr als Objekt, als Gegenstand der Erzählung. Dafür verschaffen wir ihr einen Massenauftritt: 50 Dirnen und ein Walther Bentz.

Sch.-R.[1]: Und nun noch einmal zu Ihrer Hamburger Zeit.

Bentz: Bitte keine Schleichwerbung!

Sch.-R.: Ich verstehe gerade nicht.

---

1 Christa Schulze-Rohr interviewte Walther Bentz am 11. 3. 83 im TV-Kulturmagazin ›gedankensprünge‹.

Bentz: Sie sprachen von der Hamburger Zeit. Tatsächlich: ›Die Zeit‹ erscheint in Hamburg.

Sch.-R.: Ach so.

Bentz: Sehen Sie, Frau Schulze-Rohr, ich kann auch albern sein. Die meisten halten mich für vollständig humorlos und knochentrocken intellektuell. Das stimmt gar nicht. Wenn ich mit meinem Freund Wolfgang Hildesheimer mal so richtig loslege, da bleibt kein Auge trocken. Nur ein Beispiel. Wir sitzen im Foyer des ›Hotel Sacher‹. Ich sage: »Was, Wolfgang, lassen wir die Sau raus?« Und Hildesheimer antwortet: »Die Sau rauslassen, Walther? Nein.« Ach, was haben wir schon Spaß gehabt!

Sch.-R.: Ja, aber nun doch noch einmal zu Ihrer Zeit in Hamburg.

Bentz: Ich schreibe nur gelegentlich für sie, sie gehört mir nicht, Frau Schulze-Rohr, sie gehört der Gräfin Dönhoff.

Sch.-R.: *(lachend)*
Herr Bentz, bitte, so kommen wir nicht voran!

Bentz: Vorankommen, wozu? Vor allem aber wohin? Nein, also gut, Spaß beiseite. In Hamburg verbrachte ich also auch noch die ersten Kriegsjahre.

Sch.-R.: Sie mußten keinen Militärdienst leisten?

Bentz: Davon blieb ich, Gott sei Dank, verschont wegen meines chronischen Asthmas.

Sch.-R.: Mußten Sie einen Ersatzdienst leisten?

Bentz: Ja, sicher. Und zwar hatte ich sogar einen ausgesprochen skurrilen Dienst zu tun. Ich mußte Luftschutzunterricht geben im Hamburger Hafenviertel. Da hatte ich es nicht nur zu tun mit den Arbeitern dort, sondern auch mit der gesamten weiblichen Belegschaft der Bordelle, mit den Damen von der Herbertstraße, vom Kalkhof, aus der Ulrikus- und der Winkelstraße. Ich habe in dieser Zeit sehr viel gelernt.

Sch.-R.: Wie meinen Sie das?

Bentz: Ich habe von der Kunst gelernt, sich auf Menschen einzustellen, ohne sich bei ihnen anzubiedern. Sehen Sie, da stießen doch zwei Welten aufeinander. Die Welt eines jungen Graecisten, verpflichtet dem Geist eines Sophokles und eines Euripides, und die Welt der Milie Puffsack, so hieß da eine Puffmutter, ich erinnere mich genau. Sie schickte ihre Mädels erst nur sehr widerwillig zu mir. Auch die Frauen selbst waren zunächst alles andere als begeistert. Schließlich hatten sie einen ganzen Tag Verdienstausfall durch mich und meinen Luftschutzunterricht. So saßen sie da vor mir, fünfzig an der Zahl, die eine oder andere sogar mit einer Flasche Schnaps in der Hand. Kam eine zu spät und ich fragte sie: »Wo kommen Sie her?«, hörte ich nur ein: »Kontrolluntersuchung, mein Junge«. Ich war gerade erst 17 und noch vollkommen unbeleckt.

Sch.-R.: Und die Damen?

Bentz: Die waren natürlich mit allen Wassern gewaschen. Denen konnte man kein X für ein U vormachen.

Sch.-R.: Wahrscheinlich auch allesamt älter als Sie?

Bentz: Selbstverständlich. Zwischen 18 und 60 war da alles vertreten. Doch mit der Zeit gewöhnten wir uns aneinander. Schließlich sagte mir sogar Milie Puffsack persönlich:
»Herr Student«, so nannte sie mich immer, »Herr Student, bei Ihnen können meine Mädchen noch was lernen.«

Sch.-R.: Und haben die Frauen etwas bei Ihnen gelernt?

Bentz: Und ob! Die konnten danach mit der Feuerpatsche umgehen! Da machte ihnen keiner mehr etwas vor. Natürlich ließ ich es mir auch nicht nehmen, zwar nur sehr zaghaft, aber doch mit großer Beharrlichkeit, etwas von dem mitzugeben, was man gemeinhin Bildung nennt. Schon bald lasen wir gemeinsam den »Feuerreiter« von Eduard Mörike »Sehet ihr am Fensterlein dort die rote Mütze wieder?« Mag sein, daß ich mich, ermutigt von meinen ersten Erfolgen, etwas zu weit vorwagte. Mein Lieblingschor aus Sophokles' »Antigone«:

Πολλὰ τὰ δεινά, κοὐδὲν ἀν-
θρώπου δεινότερον πέλει

klang aus fünfzig Prostituiertenkehlen leider nur wie das Rasseln der Takelage einer Viermastbark bei Windstärke 12. Aber rührend war es schon, wenn Lotti Harms, eine nahezu zahnlose Nutte mit einer besonders häßlichen Schuppenflechte, ihren Goethe zitierte: »Edel sei der Mensch, hilfreich und gut«.

Sch.-R.: Herr Bentz, standen Sie niemals in der Gefahr, sich in eine Ihrer Lehrgangsteilnehmerinnen zu verlieben, nun vielleicht nicht gerade in Lotti Harms, aber da waren doch noch 49 andere? Das waren doch alles Frauen, die wußten, wie man Männer verführt.

Bentz: Ja, aber bei mir waren sie nicht im Dienst. Sie genossen es geradezu, einmal nicht auf Männer wirken zu müssen. Sie merkten sehr bald, daß das bei mir sowieso keinen Zweck hatte.

Sch.-R.: Aber eine solch abstinente Haltung wirkt auf viele Frauen doch geradezu anregend. Es provoziert ihren Ehrgeiz, den Eisberg zu schmelzen.

Bentz: Sehen Sie, Frau Schulze-Rohr, es gibt Aufgaben und Ziele, für die es sich lohnt zu kämpfen, und solche, bei denen es von vornherein vergeblich ist. Wenn die Meßlatte etwas höher gelegt ist, als man sie gerade noch meint, bewältigen zu können, das kann in der Tat sehr animierend sein. Wenn sie aber so hoch liegt, daß man sie mit bloßem Auge gar nicht mehr wahrnehmen kann, dann macht es keinen Spaß mehr zu kämpfen. Vielleicht schafft es eine einzelne Frau, einen Eisblock zum Schmelzen zu bringen, 50 Frauen gelingt dies womöglich bei einem ganzen Eisberg, aber die gesamte Arktis aufzutauen, das vermögen nicht einmal sämtliche Frauen dieser Welt.

Sch.-R.: Ich habe Sie eigentlich nie für so gefühlskalt gehalten. Im Gegenteil.

Bentz: Gott bewahre! Wer sagt denn, daß ich gefühlskalt bin? Ich stehe nur einer Lebenseinstellung äußerst distanziert gegenüber mit der Prämisse, das menschliche Sein ende kurz vor dem Bauchnabel, von unten gesehen, versteht sich.

Sch.-R.: Nun gibt es aber Menschen, die behaupten gerade, für Walther Bentz ende das Leben dort, allerdings nicht von unten gesehen, sondern von oben.

Bentz: Das ist doch dummes Zeug. Schließlich habe ich ja auch die »Lysistrata« übersetzt.

Sch.-R.: Herr Bentz, vielen Dank für dieses Gespräch.

Dritter Akt:
Der Kritiker und der Redner

FERNGESPRÄCH ZU SPÄTER STUNDE

Abschließend noch ein Dokument, das zu veröffentlichen, wir lange Zeit gezögert haben. Jeder verantwortungsvolle Journalist hat sorgfältig das öffentliche Interesse gegen den Schutz der Intimsphäre des einzelnen abzuwägen. Wir entschieden uns schließlich für das Recht der Öffentlichkeit auf lückenlose Information und publizieren hier den Mitschnitt eines Telephonates, das Ralph Ranitzke und Walther Bentz am 29ten Januar 1989 um 23.54 Uhr miteinander führten, also noch zu einer Zeit, da sie regelmäßig mindestens einmal pro Woche in fernmündlicher Verbindung standen.

Ranitzke: Ranitzke.
Bentz: Ralph? Hier spricht Walther.
Ranitzke: Hallo! Wer ist da bitte?
Bentz: Walther hier.

– Stille –

Bentz: Ralph!
Ranitzke: Genau. Ralph Ranitzke. Am Apparat.
Aber wer spricht dort?
Bentz: Ralph, ich bitte dich! Hier spricht Walther.

– Stille –

Bentz: Hallo! Kannst du mich hören?

Ranitzke: Ja, natürlich kann ich Sie hören. Und wie ich Sie hören kann!

Bentz: Hier ist Walther. Hörst du? Walther!

Ranitzke: Walther? Ich kenne keinen Walther. Ach, Walther! Sag' das doch gleich! Ich habe deinen Anruf schon längst erwartet.

Bentz: Entschuldige bitte! Es ging leider nicht früher. Ihr seid doch nicht schon zu Bett?

Ranitzke: Willst du eine ehrliche Antwort?

Bentz: Ihr seid schon?

Ranitzke: Natürlich! Wir sind genau dort, wo jeder anständige Mensch um diese Zeit hingehört. Was denkst du denn?

Bentz: Und schon in Morpheus' Armen?

Ranitzke: Sei so lieb und sprich normal. Wir sind weder auf Sendung noch im Hörsaal. Im Gegenteil, ich bin schon halb auf Tauchstation.

Bentz: Entschuldige vielmals. Ich rufe morgen wieder an.

Ranitzke: Na, du machst mir Spaß! Wie soll ich jetzt wohl wieder einschlafen?

Bentz: Lies' was Schlechtes!

Ranitzke: Den Teufel werde ich tun! Ich kann dir sagen, zur Zeit habe ich gerade wieder einen Roman am Wickel! Davon nur zehn Seiten – und ich habe die gräßlichsten Träume.

Bentz: Worum geht es?

Ranitzke: Genau das ist das Problem.

Bentz: Der Autor?

Ranitzke: Frag mich nicht!

Bentz: Ich meine, wie heißt er?

Ranitzke: Keine Ahnung.

Bentz: Das steht doch auf dem Umschlag.

Ranitzke: Was du nicht sagst! Aber ich habe keine Lust, jetzt nachzusehen.

Bentz: Es ist wirklich besser, ich melde mich morgen wieder.

Ranitzke: Nein, bitte, bleib noch dran! Gerade habe ich geträumt, man hätte mich in einer Toilette hinuntergespült.

Bentz: Den Roman habe ich auch gelesen.

Ranitzke: Schreiben sie jetzt schon Bücher, in denen sie genüßlich beschreiben, wie man mich im Klo runterspült?

Bentz: Nein, aber Romane, die solche Träume auslösen. Gar nicht so übel, übrigens.

Ranitzke: Gar nicht so übel? Furchtbar!

Bentz: Mich hat er sehr stark berührt.

Ranitzke: Meinen wir überhaupt den gleichen?

Bentz: Den selben.

Ranitzke: Den mit der Klofrau, die mit 65 feststellt, daß das Leben spurlos an ihr vorbeigezogen ist?

Bentz: Genau der. Es wundert mich allerdings, daß du so etwas überhaupt liest.

Ranitzke: Ich habe nichts gegen Klofrauen. Ich habe nur etwas gegen unbegabte Schriftsteller, die meinen, mit ein paar Fäkalausdrücken den ganzen unermeßlichen Reichtum der menschlichen Seele erfassen zu können, und sei es den einer Klofrauenseele.

Bentz: Du siehst eben doch von oben herab auf diese Klofrau. Was ist am Reinigungspersonal weniger wert als an anderen Menschen?

Ranitzke: Hast du getrunken, Walther?

Bentz: Ja, einen Kräutertee.

Ranitzke: Wie kannst du dann so dämliche Fragen stellen?

Bentz: Bitte antworte mir! Was ist an einem Müllwerker, einem Hilfsarbeiter, einem Penner, einer Klofrau wertloser als an einem Generaldirektor, Professor oder Bundeskanzler?

Ranitzke: Wann wirst du endlich erwachsen?
Solche Fragen stellt man sich mit 17, nicht mit 65.

Bentz: Siehst du, Ralph, das wird uns auch immer unterscheiden. Du bist so schrecklich konventionell. Bestimmte Fragen stellt man mit 17, andere mit 47 oder 68. Bei dir ist alles genau festgelegt und was nicht in diesen Rahmen paßt, wird plattgemacht.

Ranitzke: Suchst du Streit?

Bentz: Ich konstatiere lediglich eine gravierende Differenz.

Ranitzke: Eine Differenz? Daß ich nicht lache! Du bist doch genauso verbohrt wie ich. Vielleicht mit einigen anderen Vorzeichen. Womöglich verstehst du es besser, deine Verstocktheit zu kaschieren, aber ich habe dich schon längst durchschaut. Meinst du, ich würde dich sonst so mögen? Nein, mich stört viel mehr Folgendes: Alles was du mir zu sagen hast, kann ich mir schon im voraus denken: Aha, jetzt bringt er wieder die Geschichte mit dem »Radikaldemokratischen Geist« oder die alte Leier mit den »Humanistischen Tugenden«, die Chose mit dem »Urchristentum« oder die Story mit dem »Kleinen Mann«. Daß du auf die Klofrau anspringen würdest, war mir vollkommen klar. Ich war absolut sicher. Du brauchst bloß den Mund aufzumachen, und ich weiß schon was kommt.

Bentz: Ich rufe morgen wieder an.

Ranitzke: Nein, bleib dran! Wie geht es Ingeborg?

Bentz: Du weißt es schon.

Ranitzke: Woher soll ich das wissen?

Bentz: Ich habe soeben den Mund aufgemacht.

Ranitzke: Wie bitte? Ach, herrje! Jetzt ist er wieder beleidigt. Du kannst aber auch gar nichts vertragen. Nun wehre dich gefälligst! Und vergiß nicht: du hast angefangen!

Bentz: Das ist auch eine Eigenart von dir: Erst beleidigst du die Menschen und dann ärgerst du dich darüber, daß sie beleidigt sind. So machst du es mit Schriftstellern, Kollegen, ja, sogar mit Freunden.

Ranitzke: Nun komme ich mir aber wirklich vor, wie im Mädchenpensionat. Willst du eine Aussprache von Frau zu Frau? Ein grundsätzlich klärendes Wort? So etwas geht in unserem Alter nicht mehr, Walther. Oder willst du am Ende mit mir Schluß machen?

Bentz: Jetzt wirst du aber albern.

Ranitzke: Also gibst du zu, daß *du* es vorher warst.

Bentz: Ich gebe gar nichts zu.

Ranitzke: Siehst du, ich mag deine Sturheit.

Bentz: Ich bin nicht stur.

Ranitzke: Und wie du es bist! Herrlich! Walther, ich liebe dich.

Bentz: Spar dir die Mühe! So kriegst du mich nicht.

Ranitzke: Haha! Ich habe dich schon längst.

Bentz: Ralph, du gehst zu leichtfertig um mit den zwischenmenschlichen Dingen. Sei versichert: Der Tag wird kommen, an dem du mutterseelenallein dastehst, von allen Freunden verlassen, nur noch umgeben von Menschen, die dich dazu benutzen, ihnen die fade Eintönigkeit ihres mediokren Alltags zu vertreiben. Ich brauche keinen Hofnarr. Als wahrer Freund erwarte ich auch einmal ein ernstes Wort von dir.

Ranitzke: Mein lieber Walther, du solltest mich inzwischen besser kennen. Ich meine es sehr ernst. Ich meine es immer ernst. Und wenn die Leute über mich lachen müssen, so ist das ihr Problem. Karasek, ja, der genießt es, wenn man über seine schmutzigen Pointen lacht, der legt es darauf an, aber ich beileibe nicht. Mir ist es sogar bitter ernst, mit dem, was ich sage. Deswegen ist auch schon so manchem das Lachen über mich vergangen.

Bentz: Du sprichst ein großes Wort gelassen aus.

Ranitzke: Was willst du überhaupt? Bringe ich die Menschen zum Lachen, ist es dir nicht recht, halte ich sie davon ab, paßt es dir auch nicht.

Bentz: Mach doch mit den Menschen, was du willst! Aber höre endlich auf, sie ständig zu verletzen!

Ranitzke: Jetzt reicht es aber, Walther! Du weißt genau: ich verletze nur dann, wenn man zuvor mich gekränkt hat. Und schlechte Literatur kränkt mich nun einmal. Niemand kann aus seiner Haut. Mit diesem Makel befinde ich mich übrigens in bester Gesellschaft – Flaubert über Zola: »Er hat Prinzipien, die ihm das Gehirn schrumpfen lassen«, Baudelaire über George Sand: »Sie ist dumm, sie ist schwerfällig, sie ist eine Schwätzerin«, Lichtenberg über Klopstock: »Mit größerer Majestät ist wohl noch nie ein Verstand stillgestanden«, Brentano über Kleist: »Er denkt sich alle Personen halb taub und dämlich, so kömmt dann durch Fragen und Repetieren der Dialog heraus«.

Bentz: Weißt du überhaupt, daß es ein Aperçu gibt Lichtenbergs über Klopstock, der auch von dir über mich sein könnte?

Ranitzke: Heraus damit!

Bentz: Wie gesagt, von Lichtenberg: »Klopstock hebt an: ›Du, der Du niedriger bist, als ich, – und dennoch mir gleich – befreie mich von der Last des staubauffangenden Kalbfells!‹ – Während ich (also Lichtenberg) einfach sage: ›Johann, zieh mir die Stiefel aus.‹«

Ranitzke: Sehr gut. Woher hast du das?

Bentz: Von Heiner.

Ranitzke: Müller oder Geißler?

Bentz: Müller.

Ranitzke: Trotzdem gut.

Bentz: Aber du kennst sicher den berühmten Satz deines geliebten Alfred Döblin über deinen geliebten Thomas Mann?

Ranitzke: Döblin hat einen ganz erträglichen Roman geschrieben. Das hat auch Anna Seghers. Deshalb liebe ich sie noch lange nicht. Aber selbstverständlich kenne ich den Satz. Der mit der Bügelfalte.

Bentz: »Es gab diesen Thomas Mann, welcher die Bügelfalte zum Kunstprinzip erhob ... und mehr brauchte man über ihn nicht zu wissen.«

Ranitzke: Brecht trieb es noch schlimmer mit ihm.

Bentz: Das glaube ich.

Ranitzke: »Es liegt in unserer Natur, daß Sie vornehm, ich unvornehm kämpfe. Sie werden mich doch nicht umbringen wollen! Aber ich Sie.«

Bentz: Was ist daran so schlimm?

Ranitzke: Walther, mir graut vor dir.

Bentz: Verletzender finde ich, was Hans Wollschläger über Gabriele Wohmann zu sagen hatte: »Gabriele Wohmann oder: Mein Psychoanalytiker hat gesagt, ich solle mehr schreiben.«

Ranitzke: Dem ist wenig hinzuzufügen.

Bentz: Überhaupt nichts.

Ranitzke: Nein, gar nichts.

Bentz: Dagegen ist es direkt human, was Zuckmayer und Dürrenmatt sich gegenseitig um die Ohren schlugen.

Ranitzke: Ich höre.

Bentz: Zuckmayer, betrunken zu Dürrenmatt: »Sie halten meine Stücke für Scheiße, und ich halte ihre Stücke für Scheiße.« Darauf Dürrenmatt, nüchtern: »Herr Zuckmayer, das haben Sie sehr gut formuliert.«

Ranitzke: Großartig. Der Dürrenmatt hätte das Zeug gehabt zu einem glänzenden Stehgreifkomiker. Warum mußte er Schriftsteller werden?

Bentz: Warum bist du Kritiker geworden und nicht Entertainer?

Ranitzke: Aus dem gleichen Grund, warum dir dein Lehrstuhl nicht ausreicht und die Kanzel. Das Hörspiel, die Bühne und das Buch mußten es unbedingt auch noch sein.

Bentz: Ich bin kein Schriftsteller.

Ranitzke: Nein, das bist du wirklich nicht.

Bentz: Das habe ich auch nie behauptet.

Ranitzke: Aber du hast versucht, es zu sein.

Bentz: Was spricht dagegen?

Ranitzke: Nichts.

Bentz: Na, siehst du?

Ranitzke: Eins zu null für dich.

Bentz: Im übrigen siehst du ja: dein Berufsstand ist überflüssig.

Ranitzke: Wie kommst du darauf?

Bentz: Wir haben es doch soeben festgestellt: Kritik? Das machen die Autoren schon unter sich selber aus, sogar noch scharfzüngiger, noch geistreicher und oftmals sicher auch mit mehr

Sachverstand als ihr gewerbsmäßigen Rezensenten.

Ranitzke: Geistreicher Sachverstand! Da kann ich ja nur lachen. Unverschämtheiten sind das, die wir da eben zitiert haben, nichts als impertinente Taktlosigkeiten.

Bentz: Bei anderen ist es Taktlosigkeit?!

Ranitzke: Und ich werde dir auch sagen, warum. Die Eifersucht, der pure Neid auf den Erfolg des anderen, der läßt diese sogenannten Künstler die Grenzen des guten Geschmacks vergessen. Albert Ehrenstein über Frank Wedekind: »Er konnte nicht im Walde so für sich hin gehen – er war immer hinter einer Frau her.« Ich bitte dich, was geht das denn diesen expressionistischen Schreihals an, hinter wem der Wedekind her ist? Solange er gute Romane und Stücke schreibt, kann er her sein, hinter wem er will, von mir aus hinter Hunden und Katzen – es sei denn, sie sind minderjährig.

Bentz: »*Ihnen* mag es egal sein, mit wem er geschlafen hat, *mich* interessiert es«, Ranitzke vor seinen Studenten über Thomas Mann.

Ranitzke: Aber doch nicht, um ihn zu diffamieren, interessiert es mich, mit wem er im Bett war, sondern im Gegenteil, um ihn besser zu verstehen.

Bentz: Und dennoch: Trotz allem Bemühen um das Verstehen hast du es geschafft, vielen hoffnungsvollen Talenten, die Lust am Weiterschreiben für immer zu nehmen.

Ranitzke: Sie werden es mir für immer danken. Alle – bis auf diejenigen, bei welchen ich mich geirrt habe.

Bentz: Ralph, ich muß jetzt Schluß machen.

Ranitzke: Also doch.

Bentz: Also doch?

Ranitzke: Vorhin hast du es noch abgetan als alberne Idee von mir.

Bentz: Du sprichst in Rätseln. Manchmal weiß ich wirklich nicht … Achso!

Ranitzke: Na, ist der Groschen gefallen?

Bentz: Ins Bodenlose. Ach ja, Ingeborg läßt selbstverständlich grüßen.

Ranitzke: Wie geht es ihr?

Bentz: Ingeborg! Wie geht es dir? …
Sie sagt, darüber habe sie heute noch nicht nachgedacht.

Ranitzke: Dann geht es ihr gut.

Bentz: Vermutlich.

Ranitzke: Gewiß.

Bentz: Kein Wunder bei *dem* Ehemann.

Ranitzke: Bleib auf dem Teppich, Walther!

Bentz: Komm auf die Schaukel, Luise!

Ranitzke: Wie bitte?

Bentz: Entschuldige bitte, ich bin schon sehr müde.

Ranitzke: Es sei dir verziehen.

Bentz: Ich danke dir. Also, Ralph, Gute Nacht!

Ranitzke: Guten Morgen, Walther!

Bentz: Auch dir sei verziehen.

Ranitzke: Da gibt es nichts zu verzeihen. Schau mal auf die Uhr!

Bentz: Ralph, du bist und bleibst ein Kind.
Ranitzke: Was spricht dagegen?
Bentz: Nichts.
Ranitzke: Na, siehst du?
Bentz: Eins zu eins.
Ranitzke: Für wen?
Bentz: Gute Nacht.
Ranitzke: Guten Morgen.
Bentz: Guten Tag.

Die Deutsche Bibliothek – CIP-Einheitsaufnahme
Sinn, Gotthard: Geistesriesen. Ein Literarisches Duett im Stile zweyer geharnischter Alter Meister des deutschen Sprachbarock. / Tübingen : Klöpfer & Meyer Verl., 1994. – ISBN 3-9803240-2-8

Lektorat: Hubert Klöpfer, Tübingen. Satz: Klaus Meyer, Tübingen.
Abbildungen und Umschlagbild: André Aurich, Singen.
Photos: Wolf-Dieter Nill, Tübingen. Repros: Künstle, Tübingen.
Druck: Druckerei Maier, Rottenburg. Einband: Großbuchbinderei Heinrich Koch, Tübingen.

ISBN 3-9803240-2-8